「ガイウス、お前の事は嫌いじゃないんだけどさ……
俺らS級になったし【アイテム師】のお前の事を庇って
戦うレベルじゃないんだよな」
グルガン
S級パーティ
『三日月の爪』のリーダー。
ガイウスを追放する。
ガイウス
初級職【アイテム師】だが、
その力は――！

振り下ろされたこん棒を軽く弾いていなし、
力ではなく技術で距離を取らせた瞬間には、
もうミリアの踏み込みが始まっている。
剣技の確認はしていなかったが、
【魔法使い】から【剣士】に転職した後の研鑽は
相当なものを積んでいるようだ。
体運びに迷いが無く、素早く、技も冴えている。
最初から【剣士】だったわけではないので
力が無いのをカバーするように、考えて訓練された動きだ。
踏み込みと同時に詠唱に入り、同じ方向に弾いた二体の
ゴブリンの脚を低い姿勢で一文字に斬り払う。
ガイウスは視野を広く保ったまま、
無造作に魔法弓を放ち敵の詠唱の邪魔をする。

ミリア
ガイウスとパーティを
組むことを申し込んだ
【魔法剣士】の少女。

「このスクロールを剣に巻き付けて発動してみてくれ。

大丈夫、無駄撃ちにはならないから」

「は、はい」

「そのまま魔力を籠め続けて……そう、もう少し……」

「なんだか……剣に魔力が……移っている?」

「よし、もういいよ。スクロールも役目を終えたようだ。

『聖属性のエンチャント』がされた剣の完成だ」

「エンチャント?! これ、エンチャントに使えるんですか?!」

追放された
初級職
【アイテム師】が
自分の居場所を
見つけるまで
真波潜
MANAMI MOGURA
〔絵〕ひづきみや

CONTENTS

イラスト：ひづきみや　デザイン／寺田鷹樹（GROFAL）

プロローグ　すべてのはじまり

この世界には魔獣がいる。

中には家畜として飼われる種類のものもいれば、災害として扱われるものもいる。

動物とは明確に分けられ、魔素という大気に満ちる魔力の源を取り込んだ生き物。または、魔素より生まれる生物の総称。魔物、ではなく魔獣なのは、おおよそ言葉が通じないからだ。人はそういう生き物を獣と呼び、魔素と大きな関わりがあるため魔獣と称した。

――彼の村を襲ったのは、災害のほうだった。

五歳のガイウスは、ひどい熱が一週間も続き、自分の村から馬車で三日の少し栄えた街……それでも片田舎には変わりないが……そこの、医者に預けられていた。

畑仕事と酪農に家事と、なんでもこなす働き者の母親。その村の用心棒を兼ねた定住型冒険者の父親を両親に持ち、ガイウス自身は両親の手伝いや村の子供と遊んで過ごしていた。

父親のジョブは【大剣使い】だ。

幼いガイウスは朦朧《もうろう》とした意識の中でも両親と離れるのが嫌だったが、付きっきりに近い状態で看病してもガイウスの容態《ようだい》は悪化するばかり。

かといって、医者のもとで付き添うというだけの理由で母親は家をずっと空けてはいられない。

ガイウスを街医者に預けて、これまでに貯めていたお金をたくさん払って、ガイウスをお願いしますと頭を下げて母親は村に帰っていった。仕方のないことだった。

家畜の世話を父親に任せきりにはできない。家畜を狙う魔獣を狩るのが父親の本来の仕事で、それを疎かにすれば村全体が困ることになる。

ガイウスが目覚めたのは、母親が街医者に彼を預けてちょうど五日後だった。

水薬で栄養と水分を摂らされ、手厚く看病されていたガイウスは、病み上がりで子ども特有の丸い頬やすべすべの肌ではなかったが、意識を取り戻して起き上がれるようになっていた。

あとは徐々に回復食を食べて体力を取り戻したら、医者の下働きをしている男が馬車で村に送り届けてくれる手筈《てはず》になっていると、食事を食べさせていた看護師の女性が優しく教える。ガイウスはぼんやりとしたまま頷《うなず》く。無理もないだろう。気付いたら知らない場所で、知らない人に世話をされているのだから。

それでも幼い子供が泣き喚いたりぐずったりしなかったのは、この女性が何らかのスキルを使ったのかもしれない。

この世界にはスキルや魔法といわれる物がある。

冒険者というのは、教会で戦闘に向いた【ジョブ】を与えられ、冒険者登録をした人間を指す。なりたくてなれるものでもなければ、最初に与えられる【ジョブ】は好きに選べるわけでもない。

もし、戦闘向きでない【ジョブ】で冒険者になったとしても、生き残ることすら難しいだろう。

【ジョブ】は「神から与えられる能力の総称」で、職業は「自分の仕事」だ。

ガイウスの父親ならば【大剣使い】という大剣にまつわるスキルや能力傾向が備わっていること

を示すのが【ジョブ】で、定住型冒険者というのが職業になる。

また、【ジョブ】はある一定の条件を満たすと、教会で素養があるものにジョブチェンジすることが可能だ。

最初は初級職。初めから中級職や上級職の【ジョブ】を授かることもあるが、稀《まれ》なことなので詳細は省く。

初級職から徐々にスキルや技能、魔法を習得して、中級職、または傾向の似ている他の初級職を経て総合的な能力を高め、最終的に上級職になるのが一般的とされている。

教会で【ジョブ】を授かったとしても冒険者にならないという選択もある。

王侯貴族のような立場ある人間がよくその道を選ぶが、その他にもどうしても戦闘や冒険が怖い、できないという人間はいる。

冒険者になるか、騎士や専属の用心棒といったまた違う道を選ぶか、はたまた【ジョブ】に関係ない職業を選ぶか。

【ジョブ】を授かった者は選べる道が少し増えるだけで、どう活かすのかは個人次第だ。

とはいえ、冒険者は他の職業の人間よりはるかに儲《もう》かる。そう、ガイウスの父親が【大剣使い】という初級職で、小さな村に定住する冒険者兼用心棒であっても、他の職業の人間よりははるかに。

その他にも、中には冒険者向きではない職業もある。【鍛冶師】や【商人】なんかがそれだ。特殊技能を習得できるので、これまた儲かる。

【ジョブ】は標《しるべ》であり、人々の中には標を得る人間がいるが、その通りに生きるかは本人次第。選ばなかった沢山の人や、標が無くとも自分で生きている人が世界の大半を占め、世界を回しているのは間違いのないことだ。

さて、ガイウスは医者にかかって回復したが、医者は【ジョブ】ではなく職業だ。

病気を治せる【ジョブ】もあるが、この街医者はそうではない。

ガイウスを魔法で治してもらうには、街医者に手厚い看護と治療を頼むよりもはるかにお金が掛かり、ガイウスの父の稼ぎでは難しいことだった。

簡単な怪我くらいならば初級職の【僧侶】に頼めば比較的安価に治してもらえることもあるが、酷い発熱が続き、意識が朦朧としている人間を治すのならば【上級僧侶】か【白魔術師】という上級職の人間に依頼を出すしかない。

冒険者の稼ぎにも差はあり、初級職の稼ぎで上級職の冒険者に依頼を出すのは、とてもではないが難しいことだ。

それほど、初級職と上級職では価値が違う。が、ジョブチェンジすると、使えていたスキルや魔法が使えなくなることもままある。

初級職は比較的できることが多い代わりに、一つ一つの威力が弱い。上級職はできることは限られてくるが、ステータスとよばれる能力の上がり幅も大きくなり、固有能力も各段に威力があがる。

ガイウスの父親が【大剣使い】として小さな村の用心棒に収まっているのも、初級職の【大剣使い】はひとりで盾役も攻撃もこなせるためだ。

冒険者を何人も雇う余裕のある村ではないし、冒険者ギルドがあるわけでもない。冒険者ギルドがあれば国からの補助金が出る依頼も出せるが、それが無いせいでガイウスの父親は村人が出せる分だけ受け取り、村に居を構えている。国や自治体を通した依頼をこなす上級職と比べれば、大した稼ぎでは無かった。

それでも街医者に、子どもを助けてくれ、と縋《すが》るだけの金はあった。村の人にとっては大金だ。通常の職業の人間にとっても……冒険者ではない医者という比較的稼ぎのいい人間にとっても、今回ガイウスのために出されたのは大金だった。

だが、冒険者で高度な回復魔法が使える人間に依頼するには、まったく足りない。

そういった事情からガイウスは街医者に預けられ、意識を取り戻して快復し、帰ろうとした。

病院を下働きの男と外に出たところで、目の前に新聞のかわら版が紙吹雪のように舞っていた。降ってきた紙を反射的につかんだ下働きの男は、驚愕《きょうがく》に目を見開き、顔を歪《ゆが》め、それからゆっくり手を握っていたガイウスを見下ろす。

文字の読めないガイウスが、見上げた男の目が雄弁に語っている絶望と憐憫《れんびん》を感じ取って、帰れる、と浮かれていた顔からさぁっと血の気が引いたのもまた、仕方のないことだった。

◇◇◇

下働きの男はかわら版を持ったまま、今閉じたばかりの病院の扉の中にガイウスを連れて戻る。そのまま、医者のいる診察室まで長くもない廊下を足早に進んだ。

責任者の医者に説明する男の言葉を、診察室の外で待たされていたガイウスは、聞いてしまった。

「あの、預かったガイウスという子の村が……飛竜にやられました。畑も民家も何もかも、更地で……火がくすぶって、山火事にならないように冒険者ギルドに依頼が出されて、消火と救助活動、ドラゴンの討伐隊が組まれるらしいですが……かわら版の通りなら、生存者は、もう……」

「……むごいことだ。国の『大討伐戦』は来月だったというのに……、しかし、飛竜は災害だ。私らのような只人《ただびと》が、どうこうできることではない」

「……どうします。あの子、どうしてあげていいのかわからなくて……」

その先の言葉は、ガイウスの耳には入ってこなかった。

頭の中に浮かんだのは、朦朧とした意識の中で心配そうに自分を見つめる両親の顔と、目が覚めたら違う街の病院にいたこと。理解できたのは、今、帰る場所が無くなったことだけ。

扉の前でくずおれたガイウスを支えてくれるものは何もない。

冷たい床に手をついて、感情が追いつかないまま、耳の中をごうごうと流れる血の音だけが頭の中に響いていた。

そのあと、いつの間にか気を失っていたガイウスは、目覚めてすぐ、街はずれの孤児院に連れていかれた。
十二、三歳の子どもの背丈ほどはある灌木《かんぼく》におおわれた、静かな場所だった。
下働きの男に手を引かれてやってきたガイウスは、灌木の向こうから聞こえる複数の子どもの声に耳を傾け、今から自分もこの灌木の中に入れられるのだ、ということをぼんやり考える。

この灌木は、子どもを囲う牢獄《ろうごく》のようにも見える。なんとなく、一度入ったら出られないような気がしたのだが、今はそれを避ける方法も知らないし、そんな気力もなかった。嫌な予感がしつつも、その通りにするしかない。

病み上がりの、故郷と両親という己のすべてを失ったばかりの五歳の少年が状況に流されたとしても、誰も彼を責められまい。

鉄柵の門の入口でベルを鳴らすと、手前の建物からガイウスの父と同じ年頃の男性が出てくる。ガイウスの父に比べればずいぶん細身で、頭髪は生まれつきなのか真っ白で、それを長く伸ばしている優しげな男性だ。女性と間違えることはない長身と肩幅で、見目がよく、糸目の感情の読みにくい、それでいて品のいい男性だった。

痛ましそうな表情をして、下働きの男から改めて事情を聞き、きれいな服に泥がつくのも構わずに膝をついてガイウスと視線を合わせた。

「ガイウスくん。今日から、ここが君の家になる。お父さんとお母さんのことは……少しずつ受け入れればいい。時間はたくさんあるからね。——孤児院アンブレラへようこそ」

優しい声と、仕立てのいい服。それが汚れるのも気にせず地面に膝をついて細い目を合わせて話す孤児院の院長は、ウォーレンといった。

これが、ガイウスのすべてのはじまり。

両親と生まれ故郷を失《な》くし、ウォーレンの経営する孤児院・アンブレラに預けられてから、ガイウスの人生は一変した。

これに端を発した、大人になったガイウスの、転機と回帰と成長の物語が幕を開ける。
――最悪、もしくは、最高の形で。

第一話　パーティから追放された【アイテム師】

王都から北西に二日、冒険者の足で進んだ所に、魔力の凝《こご》りやすい土地がある。

その濃度から冒険者ギルドに登録している中でも、A級以上の冒険者しか入れない場所。厳重な警備が敷かれ、ギルド所属の冒険者が交代で見張りを任されている。

魔法的な結界で守られたその場所には、ひとたび世に出れば甚大な被害を引き起こす可能性がある魔獣が多数住み着いている。

時に数を間引きしないと餌がなくなり勝手に外にあふれてしまう。それを食い止めるために、定期的に王室から冒険者ギルドに討伐依頼が出される、いわゆる「狩場」という場所だった。

地形は山脈に向かって徐々に地面が低くなっていくゆるい傾斜のついた谷になっていて、奥に進むほど岩肌の壁が高く左右に聳《そび》え立っていた。とはいえ、人の身と比べれば巨大な谷なので、戦いにおいて視界を遮る物はない。この地形は、冒険者にとって有利に働くこともある。

「グルガン！　飛び出さずにベンの後ろでスキルをリチャージしてくれ！　その間のダメージ量は考えなくていい、とにかく奴に魔法もスキルも使わせない！　連射できる中級魔法で足止めしてくれ、ハンナ！　リリーシア、これを使ってベンの防御力にバフを！」

今日も、一組の冒険者パーティがこの谷で狩りを行っていた。

そのパーティの名は『三日月の爪』という。

相手は災害に近しい存在であるグリフォン。鷹《たか》の頭と前足、翼と獅子《しし》の胴体を持つ巨大魔獣だ。近しいというのは、グリフォンが魔獣のゴブリンを好んで食べる食性のせいだ。魔獣は魔獣の中で生態系が確立していて、魔力を持たない家畜や人間を襲うのは、余程飢えた時になる。ひとたび集落や町に現れれば人死にが出るのだから、食い止められるのならば食い止めたい。

この谷の中にもその生態系はしっかりとあるが、何分グリフォンの数が増えた。

危ない思いをして自分の同族と縄張り争いをするよりは、力の弱い人間を狙ってグリフォンが外に出るのは必然ともいえる。

その蹴爪と、空を飛ぶというアドバンテージに、巨大な鷹の頭から発される甲高い鳴き声に魔力を乗せて魔法まで使ってくる。翼は最初に燃やしたので飛び上がれはしないだろうが、魔法を使われるのがやっかいな敵だ。

人語ではない詠唱では何の魔法を使ってくるのか、戦いの最中で見極めてから躱《かわ》そうとしても遅い。そのうえ、魔法を使う魔獣の方が人間よりはるかに魔力量は多い。

【黒魔術師】のハンナが最初に翼を焼いていなければ、飛び上がられて一方的に魔法の的になっていたことだろう。

ハンナがまっさきに翼を燃やしたのは、今指示を飛ばし、【上級僧侶】のリリーシアに上級魔力回復薬を投げた【アイテム師】ガイウスの指示と索敵があってこそだった。

『投擲《とうてき》』スキルでハンナにも上級魔力回復薬を投げながら、忙しなく突き立った岩と岩の間を巨大な身体で移動するグリフォンに向かって、常に最後尾、そして正面に構える。

ガイウスは基本、魔獣のヘイトを稼ぐことはそうない。

前線にいる【重装盾士】のベンと【パラディン】のグルガンが最もヘイトを集めやすい。

今はハンナが繰り出そうとしている、無数の火球で敵に『何もさせない』攻撃で、ハンナにヘイトが向く可能性がある。

「ハンナ、三時の方向に火球を。そっちに追いやる！」

「わかった！」

グルガンのスキルリチャージが終われば、中・近距離から高火力の攻撃を当てられる。そういうコンボが組める程、グルガンのスキルは充実していた。

一度グルガンのスキルの猛攻を浴びせたので、グリフォンはだいぶダメージを負っている。あと一回、そのコンボを決められれば勝てるだろう。

猛攻を決めた後、再度攻め立てるためには、全スキルのリチャージがほぼ同時にグルガンに掛かる。その間のアタッカーは必然、後方に控えているハンナになる。

ベンは一番ヘイトを集めやすいスキルを持っているにしても、手数の多さでハンナに攻撃が向く可能性は考えておかなければいけない。ハンナが大ダメージを負うような捨て身では、意味がないのだ。

ヘイト……敵から狙われやすくなる値とでもいえばいいのだろうか。可視化できないそれを、ガイウスは計算しながら動いた。

二時の方向にベンと、その陰でスキルのリチャージをするために剣を構えて動かずにいるグルガンがいる。その位置取りの裏には、ベンの傍にいる限りグルガンに攻撃が飛んでくることはないという信頼があった。

自分が魔獣だったら。……師匠の教えでそれを常々考えながら動いているガイウスは、盾の重さから急な背後への守備の切り替えができないベンとグルガンを狙って一息に背後まで跳ぶ、とグリフォンの動きを予測する。ハンナから見て三時の方向への指示を飛ばしたが、グリフォンはそこにはいない。ガイウスから見た十二時の方向にグリフォンが位置している。

リリーシアはガイウスとは離れた後方位置で魔力を回復させ、すぐにも支援魔法の詠唱に入っていた。グルガンのコンボを決める間、ベンがグリフォンの注意を引いて攻撃を一度至近距離で受ける必要がある。その為に防御力と素早さの底上げが必要だった。

全てはそこにつなげるために、ガイウスはパーティ全員の動きも、グリフォンの動きも、最後尾から「視野を広く」持って見ている。

ハンナの詠唱が終わり、無数の火球が浮かびあがる。

手数を稼ぐための魔法は、高火力の上級魔法で敵をなぎ倒すよりも、詠唱が短い。

とはいえ中級魔法だから決して簡単な魔法ではない。ハンナにとっては数でも火力でも多い方が楽だというのを、ガイウスは知っている。

ちまちまとした初級魔法の組み合わせをハンナが嫌うから手数が多い中級魔法の習得をしてもらった。その間にガイウスの装備である魔法弓を構えて魔力の矢を使い、九時の方向へグリフォンが進むのを阻む。

当てはしない。足元を狙って、九時の方向への跳躍の選択肢をなくし、三時方向に跳ぶように進路を絞るだけだ。

ハンナの魔法が何も居ない三時の方向へ飛ぶが、同時にグリフォンも三時の方向へ岩を蹴って跳んだ。

足元に打ち込まれた魔力の矢に意識が行っていたグリフォンは、火球をまともに正面から食らう。

これでハンナにヘイトが向く。ガイウスは火球を追いかけるように、自分の魔法弓に魔力を吸わせて軌道の違う五矢を二連射……十回の攻撃を、火球を食らってのけぞったグリフォンの全身を殴打するように浴びせた。大したダメージにはならないが手数だけならハンナの火球よりも多い。

これでハンナのヘイトよりガイウスのヘイトの方が高くなる。与えたダメージよりも、直近で誰が何度攻撃したのかがより魔獣の気を引くようだと、ガイウスは冒険者になってすぐのころ観察しながら覚えた。

ガイウスの攻撃は貫通するには威力が足りない殴打であって、別に大ダメージを与えた訳ではない。巨大魔獣相手では、ハンナの魔法のように敵をのけぞらせることも魔法の詠唱を止めることもできない。けれど、正確で詠唱もなく手数も多い。

ハンナの魔法がグリフォンの魔法のリチャージを防ぐ為のもので足止めするにしても、ハンナにヘイトが向いたらハンナが次の詠唱に入れない。

ガイウスは魔法弓にまた魔力を吸わせながら、常にパーティの最後尾を動きまわった。

足を止めない限り、グリフォンはガイウスを狙うために視線をハンナから外す。

ハンナは今度は氷の礫《つぶて》をグリフォンに向かってぶつける。グリフォンが再度姿勢を崩したところに、ガイウスの矢がランダムな軌道でグリフォンの全身を殴打する。

厚い獅子の皮と鷹の羽毛で守られているグリフォンにとって、どちらも致命傷になることはないが、とにかくグリフォンの飛翔《ひしょう》と魔法を使わせないのが、対グリフォン戦では大事だ。

（昔は、それがどれだけ大事かを分かってもらうのに苦労したっけ）

ガイウスは走り回りながら、そんなことを思い出していた。

なぜ戦っている今、と思わなくもなかったが、集中が切れたわけではない。視野は、ずっと広く保たれている。何なら普段よりガイウスの頭は冴《さ》えてさえいた。

——当初は酷かった。

冒険者ランクがA級にあがったばかりのころ、『三日月の爪』は大型魔獣の討伐といえばサイクロプス戦しかやったことがなかった。

A級にあがってすぐにグリフォンの討伐依頼を受けた時、ガイウスの説得は無駄だった。

動きが単調で愚鈍なサイクロプスへの攻撃と同じ調子でグリフォンも高火力で一気に叩《たた》けばいい、その間に懐に潜り込めばいい、とガイウス以外の皆が口をそろえて言ったのだ。

年に四回ある、災害級の魔獣を狩って回る王宮主催の大討伐戦に雑用係として参加した事があるガイウスは、その戦い方ではダメだと仲間を必死に説得したが、聞き入れては貰《もら》えなかった。

前線で戦う彼らのサポート職である【アイテム師】のガイウスには分からないだろう、という慢心がチラついていたと思う。今はちゃんとガイウスの声に従ってくれているが、それは失敗の上に築かれた信頼があるからだとガイウスは思っている。

ただ、ガイウスは説得の次の手をしっかり打っていた。

無謀にもグリフォンの巣に突っ込んだ四人に対して精いっぱいの後方支援は行いながら、やはり全員が倒れると、失敗を見越してあらかじめ用意しておいたありったけの回復薬と白魔法のスクロールで辛うじて命を繋《つな》ぎ、瀕死《ひんし》の彼らを安全地帯に運んだ。

そして、あらかじめ応援要請をしておいた別のA級パーティが駆けつけるまで、一人で魔法弓とアイテム、白魔法のスクロールを使った自分への支援魔法、魔力回復薬、足を止めないことで時間を稼いだ。

その時は応援要請をしていたので、グルガンたちは依頼の失敗は免れたが、ガイウスが居なければ死んでいたということが骨身に沁《し》みたらしい。

以来、戦闘中も、その前の作戦会議も、ガイウスの声を聞いてくれるようになった。むしろガイウスに一任されたと言ってもいい。

その時応援に来たパーティも、後方支援職の指示に全員が従っていたのを目の当たりにしたのもよかったのだろう。

ガイウスは自分が優れているという意識はなく、単純に「一番後ろにいるから、動きが見える」ので「指示を聞いてほしい」というお願いしかしていない。

他のパーティもその体制を取っていることが多い。支援職以外は、目の前の敵に向かって前線で命を懸けている。魔獣が目の前にいる時に、他人の動きに細やかな注意を払えないのは当たり前だ。

今はもう経験も積んで、ガイウスの指示がどんな意味で、どんな理由で彼らはその声に従っているのかは忘れられているのだが、ガイウスは覚えている。自分の指示を受け入れてくれているおかげで今の『三日月の爪』がある、と思っているから。

リチャージが終わったグルガンが、リリーシアの支援魔法をベンが受けたと同時に、中距離の剣《けん》戟《げき》を飛ばすスキルを使ってグリフォンに大きなダメージを与える。

ベンのヘイトを稼ぐスキルでグリフォンがダメージよりもベンに意識が向いた隙に、グルガンが距離を詰めて一気に近距離のスキルを使いグリフォンに大きなダメージを与えた。

ハンナは中級魔法はもう使わず、とどめとなるように上級魔法の詠唱に入った。

グルガンの猛攻が終わるのに合わせて、ハンナの魔法が発動するだろう。リリーシアは支援魔法でハンナの詠唱速度を上げる。

（うん、勝ったな……）

ガイウスは、この仲間がグリフォンを危なげなく倒す光景が見えたような気がした。

その三十秒後、見事にグリフォンは地に伏した。

ガイウスが見たような気がした光景と同じ姿勢で。

A級にあがって半年。『三日月の爪』は無傷でグリフォンを討伐した。

◇◇◇

さらに半年の月日が経ち、災害級のレッドドラゴン討伐依頼を何度かこなした『三日月の爪』は、その実績からいよいよS級パーティとして認められることとなった。

「乾杯！」

王都の冒険者ギルドに備え付けの酒場で、グルガンの掛け声で五つのジョッキを合わせ、全員が祝いのエールを一口飲む。

少しやりにくいこともあるが、冒険者としてガイウスはかなり今の生活に満足していた。

これからも、サポーターとして、『三日月の爪』の一員としてやっていきたい、という気持ちでいた。祝いの乾杯をしたというのに、いつもなら即座に話し始めるハンナも、絡まれるリリーシアも、彼が無口なのはいつものことではあったがベンも、そして乾杯の掛け声をかけたグルガンも、沈黙している。

ガイウスは自分から話しだすことは、普段から無い。とはいえ、社交性が無いわけでもない。

不審に思ってジョッキから顔を上げた時に、気まずそうな四組の視線と視線がかち合った。

「ガイウス、お前の事は嫌いじゃないんだけどさ……、俺らS級になったし【アイテム師】のお前の事を庇《かば》って戦うレベルじゃないんだよな」

今日発行されたばかりの金色の冒険者プレートを見せながら、『三日月の爪』のリーダーである【パラディン】のグルガンが言った。

言われたガイウスは、今さっき昇格を祝う乾杯をした木製のジョッキを握ったまま、少し言葉を飲み込むのに時間をかけ、悟ったように曖昧に笑う。

「あ――……、もしかして、これ、クビってやつ？」

「……ハッキリ言うと、そうなるな」

ガイウスは【アイテム師】という初級職だ。同じ金色のプレートは持っていても、初級職と上級職では価値が違うと言いたいのだろう。

グルガンが言いたい事は理解できる。理解はできても、正直、これは建前だということも分かっている。

初級職のままの方が……特に【アイテム師】というサポート職は……できることが多い。

【アイテム師】のスキルを伸ばして先鋭化すれば、できることは減るが中級職、上級職にもなれる。

だが、ガイウスにとっては【アイテム師】でいるほうが己にとっても、『三日月の爪』のためにもいいことだと思っていた。

『三日月の爪』は、たった今ガイウスがクビを宣告されるまでは【黒魔術師】のハンナと【上級僧侶】のリリーシア、【重装盾士】のベンを含めた五人パーティだった。ガイウスの他は上級職ばかりだ。

彼らも、どこか申し訳なさそうな顔をしている。

ただ、彼らの間に漂う空気や、視線に交ざる侮蔑の色を、ガイウスは敏感に感じ取った。

自分が『三日月の爪』にとってマイナスになる要素は、冒険者としては何も思いつかない。が、クビにされる心当たりがないこともない。

ここで説得したらクビの宣告を撤回《てっかい》されるかというと、たぶんされないだろう。

このタイミングで言い出したということは、ガイウスがいない間にすでに決まっていたことだとも言える。

戦力としては確かに、タンクでもなければ火力もない。魔法という物は使えないから回復や支援もアイテム頼り。

自分の身を守れる程度の短剣使いで、ついでに『投擲』スキルがあって、矢の補充がいらない魔法弓（武器依存で勝手に体内の魔力を矢にしてくれる便利な武器だ）を補佐的に使うくらいで。

別にそれらも大した火力ではない。外しはしないから、敵の隙を作ったり魔法の邪魔をしたりする程度だ。

……わりと有能じゃないか？　サポート役として入れておいても損はないよな？　と、改めて思いながらも、問題はクビになる理由がそれではないということだ。

ガイウス自身も、そろそろ居心地が悪いとは思っていた。S級に上がったことだし、環境の改善を申し入れようかと考えていた矢先でもあった。

ガイウスがパーティをクビ……追放される理由。

それは、グルガンとハンナ、ベンとリリーシアはデキているという点につきるだろう。

（知ってる。わかる。そろそろ俺邪魔だよな。アイテムなんて誰でも使えるし、金もあるから魔導具のアイテムポーチも全員持ってるしな）

ただ、本当の理由をこの場の全員が理解していたとしても、それを言えば角《かど》が立つ。

なので、初級職の【アイテム師】であることを理由に表面上は円満にクビにしよう、ということなのだろう。

それはそれでガイウスの誇りを傷つける行為だが、この程度で怒るようなガイウスではない。結果、誰一人ガイウスを馬鹿にしている言動だと気付く者はいない。

（諦めるのは、昔から慣れているし……）

ただ、そのずるさをそのままにしておく程、お人好しでも無いのがガイウスだ。

「そう遠回しな言い方をしなくてもいいって。お前らがデキてるのは知ってたしさ。S級にランクアップしたんだし、俺だってお役御免でも一人で食っていけるよ。田舎なら俺の仕事もあるだろうから、王都を離れて田舎暮らしでもするかな」

ガイウスはクビを言い渡された瞬間から説得自体はすでに諦め、言外の本当の理由もちゃんと理解している。

なので、ここは下手に粘らず受け入れることにした。理由はきっちり明確にしたうえで。

「そ、そうか？　いいのか、その、俺たちの勝手な都合で……」

いいのかも何も、勝手な都合なのは建前でも本音でも変わらない。ガイウスの弱さを理由にするよりは、本来の勝手な都合の方がまだマシだ。

「そういうものだろ、人の縁なんて。二年間楽しかったよ。俺もまだ十九で若いし、田舎で仕事しながら嫁さんでも見つけるわ」

「分かった。……これ、今までの報酬とは別に、路銀の足しにでもしてくれ。感謝の気持ちだ」

今までもきっちり報酬は五等分で貰っていたから蓄えもあるし、それとは別に皆で金を出し合ってアイテムは買っていたから、ガイウスの懐はそこそこ温かい。

田舎なら畑と庭付きの一軒家が買えて暫く暮らせるくらいには。

そんな俺に退職金を払ってくれるあたりいい奴らだよな、とガイウスは少し寂しそうに笑いながら彼らの顔を順に見た。

邪魔だからクビにすると蹴り出してもいいのに、二年間の重みか、それとも下手に揉《も》めたくなかったのか――どちらにしろ失礼には違いないが、一応はガイウスに気を遣ってこうした形を取ってくれたのだろう。

渡された袋の中身をざっと見たら、金貨が五十枚は入っている。思わず目を丸くした。

……今後の『三日月の爪』の事を考えたら辞退しようかとも思ったものの、それも思いやりを踏みにじるみたいで申し訳ない。ガイウスは素直に受け取って『アイテムインベントリ』にしまった。

「じゃあ、俺はここで。預かってたアイテムとか装備品は拠点に全部置いておくから……、ああ、引継ぎしにくるか？」

と、一応ガイウスが尋ねると、グルガンたちは気まずそうに顔を見合わせた。

この乾杯はフェイクで、この後に本当の乾杯をする予定なのだろう。それを「たかだかアイテムの引継ぎ」で邪魔されたくはないようだ。

ここまでくると、いっそ邪険にされた方がまだマシだったな、とガイウスはひたすら苦笑いをするしかない。結局彼らは悪者になりきることもできず、恩知らずにもなれず、かといってガイウスが邪魔で仕方がない状況から早く抜け出したいのだ。退職金だって、自分たちの罪悪感を薄めるために奮発したのだろう。

こんな勝手な真似をされて、そのうえ罪悪感も何もかも金で片付けられて、苦々しい気持ちにはなれど、やはりここで揉めても仕方がない。

すでに脱退は受け入れたのだ。

ガイウスはできることはやるだけやってから町を出よう、と決めて頭をかいた。

「あー、なんだ……皆、お幸せにな」

内心では、恋愛にうつつを抜かして俺をパーティから追い出すならさっさと痴話げんかでもして別れちまえ、と多少荒れた感情も持ち合わせてはいたが、それを表に出す気はない。

これ以外どう声をかけていいかもわからなかったので、ガイウスはそう告げて各自と握手を交わした。

「ガイウス……元気でな」

「縁があったらまた会いましょ。アナタの事、嫌いじゃなかったわ」

「寂しいですけど……ガイウスさんも、お元気で」

「また、いずれ訪ねる」

それぞれから別れの言葉を貰って、ガイウスはパーティを抜ける。

さっき一瞬でも交ざった侮蔑の視線のことなど、ガイウスに気付かれていないと思っているような優しい眼差しだった。

ガイウスは諦めることと飲み込むことは得意だったので、笑顔で頷《うなず》く。彼らは腹芸が少しもできないのだな、と内心は苦笑しっぱなしだったが、表向きは笑顔で別れた。とりあえず、脱退の理由までおっ被せられなくてよかったと思う。

　これ以上この場にいるのもとんでもなく気まずいというのもあるし、拠点に向かってアイテムを置いていくという仕事も残っているので足早に出口に向かい、そのまま冒険者ギルドの外に出て、目の前の大通りを歩いて居住区の拠点に向かった。

（まずは拠点に色々置いていかないとな。……A級パーティという保証があったから俺たち全員で庭付きのそこそこいい屋敷に住めたけど、入りきるかな。庭まで使えばなんとかなるか）

　他には騎獣の餌や世話のこと、卸す場所が法で決まっている魔獣の解体していない死体。売れはしないが冒険中に使うための素材や、他にも食料品や消耗品、耐久性の低いレアドロップと、ガイウスが抱えているアイテムや仕事はかなりの数と種類になる。

　それらをどうすべきかをグルガンたちが理解していればいいが、とガイウスは『アイテムインベントリ』を眺めながらスクロールして一瞬心配になった。

　しかし、こちらから引継ぎの提案もして断られているのだ。

　どうであろうと知ったことではない、という気持ちがガイウスにだって、ある。

　いくら金を積まれても、邪魔だから抜けろ、という本当の理由を自分を含めたあの場の全員がわかっていたのに、どうして気分よくいられようか。

　諦めることと飲み込むこと、それと、気分を害されないことは別の話だ。

（まぁ、あいつらはどうとでもなるだろう。全員、冒険者講習は受けているわけだし。さ、アイテムを置いたら俺は自由だ！）

◇◇◇

インベントリを見ながら人混みを歩いていたガイウスは、一人の男性とすれ違ったことに気が付かなかった。

その男は仕立てのいい服に帽子姿で、顔はよく見えないが、長い白髪を後ろに括って流してある。長身痩軀《そうく》で背筋が伸びていて、姿勢が良い。

品よく杖《つえ》をついて歩いているが、特に腰が曲がっているわけでも、脚が悪いわけでもない。紳士的な身だしなみというだけなのだろう。

王都へは仕事か何かで来たのか、と思うような服装だった。王都に居を構えている人間はここまで洒落《しゃれ》込むことはあまりないし、日常的にここまで洒落込む人間は馬車に乗って移動をする。

丈夫な革の鞄《かばん》を抱えた男性は、すれ違ったその場で足を止めてガイウスを振り返った。インベントリを眺めながら器用に人の足元を見て歩くガイウスは、その男性に気づかなかったが、どうやら知った顔のようだった。

「ガイウス……？」

男性は信じられないもの、または、幽霊でも見つけたような顔で呟《つぶや》く。

帽子を片手で軽く持ち上げ見えた顔は、糸目の穏やかな初老の男性だった。

初老、と言っても四十をいくつも過ぎていないだろう。目の下に多少皺《しわ》がある程度で、若々しく整った顔立ちをしている。

開いているのかいないのかわからない目を、人混みに消えていく背中に向けている。暫くすれ違ったガイウスの姿を捜そうとしたが、王都の道は混んでいて、すでにもう姿は見えない。

だが、男はすれ違った相手がガイウスだと確信しており、そのまま帽子を胸に当てて神に小さな声で感謝した。

「やっと見つけた……、私のガイウス……」

不穏な言葉を口の中で呟いて微笑んだ彼は、ガイウスが王都にいるのならば後でどうとでもなる、とばかりに元の通り帽子を被って歩き始めた。

今から大事な商談がある。それに遅れては信用に関わる。幸い、王都には暫く滞在する予定だ。商談の後に人を雇ってガイウスの情報を集めさせ、痕跡を追い、それから手元に取り戻せばいい。

「傷物になっていないようで安心したよ……そうか、そうか、冒険者になったのか……ううん、ガイウス、君は昔から本当に『いい子』だよ……」

自分の前から消えさえしなければ、と機嫌よく呟きながら、男は貴族と見紛うような立派な恰好《かっこう》に似合わない細い路地に入っていった。

荒くれものか、何か腹に一物抱えた人間か、スラムの住人しか居ないような暗い道だ。

だが、品のいいその男がその道にあまりに自然に入っていったので、王都の人間は誰もそれを気に留めなかった。

なにせ、王都の道は人が多い。

誰でも他人の動きにそこまで興味がない。まして、王都の外から来たような人間ならば余計に誰も気にも留めない。もしくは、気付いたとしても黙っている。面倒事の匂いしかしないからだ。

男は暗闇の中に、足取りも軽く消えていった。慣れた足取りで、当たり前に何度も訪れているのだろうとすぐわかる。

この先に、商談場所がある。

思わぬ再会に気をよくした男だが、商談はまた別の話だ。

目的の建物の扉の前に立つと、機嫌のよさも何もかも読めない、先ほどとはまた違った食えない笑みを浮かべた顔で、帽子を取って呼び鈴を鳴らした。

まずは「自分の仕事」を終わらせてからでも遅くない。

逸《はや》る気持ちをそうなだめて、商品のカタログが入った革の鞄を持ち直し、黒服の屈強な男に出迎えられて彼……ウォーレンは建物の中に入っていった。

◇◇◇

ガイウスが外れた一行は、少ししんみりしつつも、予約しておいた店で新たな門出を祝って酒を呑《の》み、ぐでんぐでんに酔っ払って屋敷に帰った。

アルコールでふわふわとした意識の中、全員で楽しく帰ってきた『三日月の爪』の四人は、最初そこが自分たちの拠点だとは気付かなかった。

原因は明らかだ。

多少は宵闇のせいもあるだろう。けれど、無いはずのものがそこにあるのが問題だった。

月の光と街灯に照らされた魔獣の金色の瞳や、キャンプ道具一式に、魔獣の素材の山。庭に溢れたそれらは、どう目を凝らしても山だ。山と積まれている。

「は……？」

とてもじゃないが、彼らのアイテムポーチに収まる量じゃない。

確かにドラゴンやグリフォンといった大型の魔獣も倒してきたから死体があるのはわかる。

だが、こんな物をずっと持って歩いていたのか？　売りさばいていたのではなかったのだろうか？　と疑問に思いながら、なんとか屋敷の入り口に辿り着くと、ドアを開けた瞬間、大量の回復薬やらのアイテムが雪崩れ落ちてきた。

とてもじゃないが屋敷の中には入れない。

今日の所は諦めて町に引き返し、宿に泊まる事になった。

四人で泊まるとなれば、それぞれ二人ずつ恋人同士で各部屋に泊まりたいところだが、酔いがさめて冷静に感じる「ヤバさ」のせいでそんな気にはなれなかった。

二部屋取ったが、とりあえず一部屋に集まって彼らは顔を突き合わせた。勿論深夜なのでヒソヒソ話だ。

「ガイウス……あんなに素材を溜めていたのか？」

「全部売ったり納品したりしていると……あぁ、もう。あれどうすんのよ」

「私たちのアイテムポーチには入り切りませんよぅ……！」

「……朝イチで、商人を呼ぼう」

辛うじて出てきたベンの台詞に頷いた彼らは、ひとまずの解決策としてそれに同意した。

大量の酒とごちそうで気持ちよくなっていた気分も酔いも覚めたが、代わりにガイウスへの疑念や怒りが湧いてきた。

二部屋といっても今日は恋人と寝る気にはなれなかった。男同士、女同士で分かれて部屋に入り、それぞれの部屋でガイウスに対する悪態をついて、一通り文句を言い合ってからやっと落ち着いた気持ちで眠りにつくことができた。

しかし、彼らはその後、更なる痛い目を見る事になる。

翌朝、拠点に戻る道中で魔獣の素材買取の看板を見つけたグルガンたちは、天の助けとばかりに駆け込んだ。

勢いよく扉を開けたグルガンが、早朝で薄暗い店の中、カウンターの内側で座って新聞を読んでいた店主に近づいてカウンターを叩くようにして手をついた。

朝から失礼な態度の冒険者に店主は片眉をあげて不快感を示したが、それ以上にガイウスに対する怒りと自分たちの住処がどうにもならない状況に苛立っていたグルガンは、そんなことにも気づかない。

「俺たち『三日月の爪』の拠点に素材があるから引き取ってくれないか？　山程あって困ってるん

だ」

「ガイウスさんを追い出した所じゃないか……。はぁ、昨日、よろしくしてやってくれ、と頼まれたから仕方ない。本当は店に持ってくるもんだぞ。素材をのせる荷車はあんたらで牽《ひ》いとくれ」

「わ、わかった！　荷車を牽くくらいどうって事ない！」

店主の老人が裏にグルガンたちを案内して、馬が二頭で牽くような巨大な荷車を二台、グルガンとベンが牽いた。これ位なら造作もない。荷台には店主とハンナとリリーシアが乗っているが、冒険者のステータスは一般人のそれとは違うのだ。

早朝で人通りも少なかったので、何かが荷車の邪魔をすることもなく拠点までたどり着いた。が、庭を見た店主が渋い顔をしている。

「ど、どうしたんだ？　ドラゴンやグリフォンの素材なんて中々お目に掛かれないだろ？」

「……お前ら物を知らねぇんだなぁ。ガイウスさんとは何年目でパーティを組んだんだ？」

「えっと……三年前に四人ではじめて、その後一年経ってからガイウスが加入したから、二年目からだな」

「つかぁ、ひよっこのうちにガイウスさんを雇っちまったのが、良かったのか悪かったのか知らねぇが……。大型魔獣の素材は王宮買取だよ。しかも募集を掛けている時だけだ。腰のアイテムポーチにでもしまっときな！」

そんな制度だったとは初耳である。

グルガンたちは焦ったが、じゃあ買い取りできる物だけでも、と頼むと店主は庭をざっと見て中型の魔獣の素材に目をやった。

何故か視線が険しい。中型の魔獣の素材は、それなりに量もあるが一つ二つ手に取ってみてため息を吐いた。

「お前ら……俺にこの粗悪品を売りつける気か……」

「えっ⁈　粗悪品⁈」

「そうだよ。まぁそうだな……使《つか》い途《みち》ったぁないこともないが、それならこっちが金貰って処分する形になる。なんせ、暖炉や焚《た》き火の焚き付け、油を染み込ませて松明《たいまつ》の先に巻きつける位しか使い途がねぇからな。――お前さんらの野営のために取っておいた方がいいと思うがねぇ」

グルガンたちが顔を見合わせる。確かに、野営に使うことはできるがこの量は……それに、こっちが金を払って処分してもらうとなると懐が痛い。大した額では無いだろうが、アイテムポーチにこれだけなら入りそうでもある。

悩んだ末、もっと容量のあるポーチを買うことにして、この山もそのままだ。

家の中も見て欲しいが、それはまず回復薬など使える物をポーチに入れてみてからだ。中に入れない状態で待たせるのはさすがにまずいと思うだけの理性はまだ『三日月の爪』にも残っていた。

しかし、ガイウスへの怒りばかりが湧いてくる。

商人は一通り庭を見て回り、中型から小型の魔獣の素材で買い取りできるものはない、処分料を払うなら、ガイウスの顔を立てて引き取ってやってもいい、と言った。

グルガンたちはその申し出を断ることにした。なぜ迷惑を被っている自分たちが、ガイウスの顔を立てて、などと言われて金を払わなければならないのか、と怒りを露わにしている。

素材屋の店主は、物を知らない上に、少しでもここは金を払って新しくいい客になろうと努力するところだろうに、と思って腹がたったが、何も言わなかった。

店主はまた、からっぽの荷車に乗ってベンとグルガンが送っていく。

結果、この店主は無駄足を踏まされた上に商売のいろはも知らない『三日月の爪』に対して悪印象だけが残った。ガイウスなら、こんな馬鹿はしないのに、と。

商人の時間を無駄に奪って手間賃も払わないグルガンたちの噂《うわさ》は、瞬く間に王都の町中に広がった。

こんな栄えた町で、礼儀を欠いて商人を敵に回すというのは、つまりはそういうことなのだ。

◇◇◇

――時は遡り。『三日月の爪』を抜けたガイウスは、一人拠点に戻って騎獣であるドラコニクスたちに夜と朝の分の餌と水を与え、藁《わら》を替えて、元気でなぁと挨拶をしていた。

ドラコニクスは騎乗用の竜種の魔獣で、どんな敵にも怯《ひる》まず、爪と牙の攻撃力が高い。

騎獣として慣らしていれば危ない事はないが、餌のやり忘れや寝床の清掃などを怠ると暴れて逃げ出す事もある。その時の破壊力は凄まじい。

冒険には便利だが扱いは丁重にしなければいけない、少し気難しい騎獣でもある。

「ちょっと狭くなるから、朝の餌やりはできないと思うし、お前ら大事に食べろよ」

それに、好みの餌というのもある。一応厩舎《きゅうしゃ》の近くに餌は全部置いておく。自分の騎獣の好みくらいは知っているだろうと高をくくってのことだ。

ガイウスが乗るためのドラコニクスは、メスのシュクルだ。

シュクルだけを連れ出して一度屋敷の外に繋いでおく。これから、屋敷の屋根裏から庭までアイテムを出して行かなければいけない。アイテム泥棒と言われても困るし、態々《わざわざ》これから時間をかけて相応しい場所で金に換金してやる程は優しくない。

王宮で必要としている素材があればそれを王宮に卸し（大型魔獣の素材はそもそも王宮が募集している時に卸す決まりになっている）、他の素材や薬草などはギルド納品時に出す。

細かなアイテムで少し品質が劣っている物は、ランクの低い駆け出し冒険者に譲ってやったりもしていた。

劣悪な物はちゃんと燃やして埋めていたが、普通品質の物ならば納品しても問題ない。この辺は冒険者の中では【アイテム師】にしかない『鑑定』が活きてくる。

店や鍛冶屋では上等な素材を少し安く売ったり、その分アイテムを安く買える『交渉術』も【アイテム師】のスキルだし『アイテムインベントリ』は【アイテム師】だと制限無しでアイテムを保存・収納しておける。

レアドロップ品でも耐久性が足りない物は鍛冶屋に打ち直してくれていいと安く譲ったりしていたが、それも出来ないほど耐久性の低いレアドロップは蒐集家《しゅうしゅうか》のコレクション向けである。

それはそれで売り口があるが『交渉術』スキルが無ければ買い叩かれるだろう。追い出された今、その蒐集家を探し出し、わざわざ売り捌《さば》いてやる気はない。引き継ぎを断ったのもグルガンたちだ。

それに、以前にも一度ちゃんとこの件については話してあるから、と頭の中で大丈夫問題無いと繰り返し、ガイウスはどんどんと拠点にアイテムを詰めていく。

敷地内のなるべく分かりやすい場所に、冒険には必須となるテントなどの夜営用品を置き、屋敷の中には必要性が高い食糧や回復薬の類が入り口に近くなるようにして、と考えながら預かったアイテムを出していく。それでも昼からやって、終わったのは夕方だ。

「ここまですればまぁ、義理は果たしたよな！　よし、挨拶回りでもしてから町を出るか」

まだ店も王宮も開いている時間である。

まずは王宮から、とシュクルに跨《またが》り身軽になったガイウスは町の中心を目指した。

ちょっと顔を合わせたくない相手もいるが、用があるのは普段から付き合いがある魔獣の引き取り窓口と、騎獣の厩舎だ。問題なく、見つかることなく、こっそりと、顔を合わせたくない相手に出くわさずに町を出られるだろうとガイウスは目論み、そして、一応はその目論見は成功するのだが、それは一時的なことに過ぎなかった。

◇◇◇

ガイウスはちょっとした買い出しと挨拶回りの後、町の安宿に一泊した。結局、外に出るなら出るでもっと買い物をしなければならなかった。昨日は遅い時間に挨拶回りに行ったため、あまり必需品を揃《そろ》える暇が無かった。今の自分が全く何のアイテムも持っていないと気づいたら、もう一日必要なのも必然だった。

朝、必要なアイテムを今度こそ買い足して、早くに町の門を抜け、近くの森で昼夜の分の狩りを始める。

食糧も全部買い揃えて出てもよかったのだが、ドラコニクスの餌も買ったし、王都近くの魔獣の数を減らすのは安全面でもいいことなので、狩りや採集で手に入るものは現地調達に決めた。冒険者の初心者がレベル上げを兼ねて弱い魔獣の狩りをするだろうが、何もガイウスが全部を狩りつくすわけではない。

魔法弓を引き絞ってヘッドショットでホーンラビットを数羽殺す。

五羽ぐらいにしておいて、水場にほど近い場所で血抜きをし、皮を丁寧に剝いで上質な革にしておく。

血は水で薄めて内臓と骨と一緒に埋めて、匂いを消す。

ホーンラビットの匂いだけならば他の強い魔獣が寄ってくるが、ドラコニクスが居れば大体の場所で野営したところで危ないことはない。このあたりの魔獣でドラコニクスより強い魔獣はいないからだ。

ただ、こうした野営跡は後で来る人間の標にもなる。自分がこの場を立ち去った後のことも考えると、処理は適切に行うべきだ、というのがガイウスの持論である。

回復薬には使えなさそうなクズ薬草を採取し、それで肉を包んでおけば臭み抜きになる。あえてインベントリには入れずに荷物に入れて背負った。インベントリでは時間が経過せず、そのまま保存されるので薬草で包んだ意味がないのだ。

「なぁシュクル、アイツら魔獣の素材どうしたかな……せめて新しいアイテムポーチくらいは買うよな？　俺の手持ちでも三十立方メートルの最上のやつ買えるんだからさ」

「ガァ？」

「悪い悪い、俺もなんだかんだ愛着あったのかねぇ。いや、どっちかっていうと……心配かな。アイテム泥棒呼ばわりされても全部持ってきた方がよかったような気もしないでもないいんだ……」

「ガ、グァ！」

「そうだな！　クヨクヨしても仕方ない、町の人たちによろしくって言っといたし、何とかなるだろ！」

なんとかならない事態に『三日月の爪』はさっそく陥り始めているのだが、それはまだガイウスの知るところでは無い。

シュクルは幸せだった。

ガイウスはよく世話を焼き、餌も欠かさない。そして、シュクルは『三日月の爪』の騎獣の中ではリーダーでもあった。

当たり前だ、シュクルの乗せる人間が全ての世話をしてくれていたのだから、シュクルがあの群れでは一番偉い。数日後には子分たちが己の主人を諦めて、自分の後を追ってくるだろうと考えて

いた。

だから、ガイウスにはその意図は分からないが、シュクルは自分がどこにいるのかを子分たちに知らせるために、頻繁に遠吠《とおぼ》えするようになった。

子分たちが粗雑に扱われないように、シュクルのできる唯一の事だ。

ガイウスを追い出した『三日月の爪』に対して怒っているのは、何も人間だけではない。

第二話　変化の予兆

「いらっしゃ……アンタらか。はぁ～……何の用だ？」

いつもは無骨でも愛想のいい禿頭《とくとう》の鍛冶屋の店主は、グルガンたちを見て明らかに嫌そうな顔をした。

既に素材商から噂《うわさ》は聞いている。急に店に来て店主を連れ出し振り回した挙句、謝りもしなければ感謝もしなかった失礼極まりない『三日月の爪』の噂だ。

これまで店との関係が良好だったのはガイウスが気を利かせていたからだ。多少の無茶をお互いに聞いて応えてきた信頼があったのだ。

例えば新しい装備を作るとき、加工料の他に素材を自分たちで持ち込むのが通例だが、ガイウスはいつも最良品を持ち込んでいた。品質の劣る良品や普通の品、最良品でも端切れ程度の素材を少し安く鍛冶屋に卸しもした。そういう所で鍛冶屋に対し、便宜をはかり、また、鍛冶屋もそれで気持ちよく仕事をしていた。

やはり、よくしてくれる相手のためと思えば仕事にも力が入る。

魔獣に関する商売をやっているのは冒険者適性のないジョブ持ちだ。

そういった職人たち、商売人たちは、たいていは【アイテム師】でなくとも『鑑定』が使えるのだが、逆に言えば基本的に【アイテム師】以外の冒険者は素材の良し悪しを判別できない。

【アイテム師】との取引はその点でも店としては信頼できた。

ましてS級手前のA級ならば、かなり上質の魔獣を狩ってくる。それを素材に加工するのも【アイテム師】の腕の見せ所だが、素材商の話では『三日月の爪』にガイウスが居た時のような、お互いにいい取引は期待できないとの事だった。

「アイテムポーチが欲しいんだ。金なら払う、最上のでかい容量のを作ってくれ」

「素材は？　最上となるとドラゴンの革かレッドサイクロプスの革が必要だ。耐久性が必要だから な」

「きょ、拠点の庭に大型魔獣の死体がある。素材の加工までしてはないが……も、もちろんその分の手間賃も払う！」

「ばかやろう、大型魔獣は素材にするのに半日は取られる仕事だ！　お前ら本当に金は払えるんだろうな？」

『三日月の爪』は顔を見合わせた。

まさかそんなに時間がかかる作業だとも思っていなかったし、ましてや、解体に金を取られるとは考えていなかった。ポーチ代だけならば払えると思っていたが、不安になったグルガンが店主におそるおそる尋ねる。

「い、いくらくらいするんだ？」

「そうさな、そっちに出向いて素材に加工して、その後アイテムポーチを作ってとなると……人数分欲しいんだろう？　となると、まぁ……ざっくり金貨百二十枚ってところか」

「はぁ⁈」

「ぼったくりでしょ！　そんなの！」

グルガンとハンナが反射的に叫んだ。今持っているアイテムポーチもここで作ってもらったものだが、一つあたり金貨五枚で作ってもらえた。性能は今欲している最上と比べるべくもない五立方メートルだが、『アイテムインベントリ』が使えるガイウスがいればこその容量だ。

「おい、これでもガイウスの奴の顔を立てて最低賃金でこの値段だぞ。さらに言うなら、今は王宮で大型魔獣の買取はしてねぇ。それも含めて素材にして希望のもんを作ってやる。そのために俺は店をお前らのために閉めなきゃならねぇんだ。ぼったくりだってんなら、庭で魔獣を腐らせるんだな。王宮警備隊が飛んでくるぜ、お前らを牢屋《ろうや》に放り込むためにな」

「わ、わかった、わかったよ、払う。その値段で頼む」

ガイウスに頼まれたのもあるが、大型魔獣が素材にもされずに腐っていくのが鍛冶屋の店主は許せない。だからやるのだ。

それにしたって、若いパーティとはいえ物の道理を知らなすぎると鍛冶屋の店主は溜息《ためいき》を吐《つ》いた。

ガイウスは『交渉術』を持っていたが、いつでもこっちの仕事を信じて言い値より少し高く払ってくれるか、おまけで素材をつけてくれた。

それでこそやり甲斐《がい》という物がある。

型通りに決まった値段、相場でただ取引するだけではなく、お互いに気持ちよく仕事をしあえる関係というのは、長く町に住むもの同士大事なことだ。その目に見える形が、この店ならば素材や

そうだ。

金《チップ》というだけだ。

今の『三日月の爪』の面々のアイテムポーチを作るためには、鍛冶屋の店主は熱が入れられなさそうだ。

下手な仕事をする気は無いが、物の価値を知らないやつらの元に大型魔獣の素材はもったいない。

ぼったくり、と言われたのも腹が立った。いいだろう、素材をたんまりぼったくってやる、そんな気持ちで店主は道具一式を持って『三日月の爪』の拠点に向かう支度をした。

手持ちの金を出し合って残金に眉尻を下げた四人に、店主はさらに追い打ちをかける。

「全額前金だ。お前らが払ってから行く」

「……わかった。ほら、これで頼む」

素直に百二十枚払った所は見直してもいいだろう。ただ、ガイウスがいればもっと安く、そしてこっちも気持ちよく最高性能の物が仕上げられたというのに。

ぼったくり、と大声を出されてはこっちの商売もあがったりだ、と、後に鍛冶屋からも『三日月の爪』の悪評は広まる事となった。

鍛冶屋の店主は道具を抱え、案内されるまま『三日月の爪』の拠点についていく。

家の庭に転がしておくものじゃ無いという強烈な違和感は店主も感じる。

しかしそれ以上に、『三日月の爪』の戦闘に関する実力は素直に認めざるをえなかった。

「おう、随分立派なもんじゃゃねぇか。腕は立つんだな」

「へへ、まぁな」

鍛冶屋の店主の言葉の裏には、常識は無いようだが、という嫌味も含まれていたのだが、グルガンたちは額面通りに言葉を受け取り鼻を高くした。

鍛冶屋の店主は庭に転がっているレッドドラゴンの死体とグリフォンの死体の解体に取り掛かった。ガイウスがそのまま保存していたという事は、そのうち王宮にでも卸すつもりだったのだろう。

王宮の買取時期は大抵は叙勲式の前後か、大討伐戦の後だ。大型魔獣の素材の鎧《よろい》を与えられる新たな騎士が出てきたり、大討伐戦で破損した鎧の修繕に使われる。

また、こうして冒険者自身が装備品に加工するのは許可されているが、素材自体の売買は禁止されていた。

大型魔獣の素材をあまりに高値で買取り、さらに高値で売却するような商人が出てくれば価値が上がる。やがて、冒険者ギルドの納品依頼の金額も跳ね上がり、ギルドの管理下に無い、野良での狩りをする者……密猟者も現れるだろう。

狩りすぎて同族の魔獣から怒りを買う、という事態もあり得る。

魔獣は天災でもあるのだ。冒険者が立ち向かえたとしても、町のすべての人間が戦えるわけではない。逃げられるわけでもない。

そういった事態を防ぐためにも、こうして自分たちで使う分以外は、大型魔獣の素材の買取は王宮でのみと決められていた。

鍛冶屋の親父は手際よく作業を進めている。グルガンたちは、自分たちのアイテムポーチの中身を庭に出して、不要なものをより分けてから、家の扉からなだれ落ちてきた回復薬などをポーチに詰めていった。

中にはもう使わないような初級回復薬などもあって、それは後で売り払えばいいか、と別に避けておく。

つまり、自分たちの仕事をし始めたのだが、鍛冶屋の店主が最初に異変に気づいた。

ドラゴンの頭の上に乗った時に厩舎《きゅうしゃ》が見えたのだ。その近くには何種類ものドラコニクスの餌。替えの藁《わら》と道具。

訝《いぶか》しんだ店主は声を張ってグルガンたちに尋ねた。

「お前らー！　ドラコニクスの世話はしたのか⁈」

「今日はしてない……、っつか、ガイウスがいつもやって……」

「ばっかやろう！　最優先で世話をしろ！　藁を替えて、餌は朝晩二回！　てめぇの騎獣の好みくらいは知ってんだろうな⁈」

「へっ⁈」

何故怒鳴られたのかがわからないグルガンたちの元に、怒りに顔を真っ赤にした店主が大股で近づいてくる。

思いっきり【パラディン】の鎧の繋《つな》ぎ目《め》の革を摑《つか》んで揺さぶった。

「馬鹿が！　今まで手伝いもしなかったのか⁈」

「ガ、ガイウスがやるって……飯に行かないかって誘っても、後で行くって……」

「自分の騎獣の世話だろうが！　何故そこで一緒にやると言わねぇんだ！」

「や、やれって、言われなかったから……」

余りにも子供じみた答えに店主はいっそ悲しそうな顔になってグルガンを突き放すようにして手を離した。

ドラコニクスはB級にあがった頃に手に入る騎獣だ。そうでなければ許可が出ないし、制御そのものも難しい。

いざ暴れだしたときに自らの手で倒すことができる、というのがドラコニクスに騎乗する最低条件だ。そのため、騎獣の売買も王宮で管理されている。地方などではその町の役所で管理するようになっている。

家畜化しているとはいえ、魔獣は魔獣だ。騎獣にしたならば、最低限自分の騎獣の世話くらいは自分でするのが当たり前のこと。ガイウスも手伝えとは言わないだろう。

当たり前のことをなんで「手伝ってくれ」と言わなければいけないんだと思ったに違いない。

おざなりにされてかわいそうだから、そしてドラコニクスに乗る責任の重さを理解していたから、自分の騎獣のついでに全員のドラコニクスの世話もしていただけだ。

「藁を替えて、水と餌をやるんだ。朝の分まではもしかしたらガイウスがやってくれているかもしれねぇが、世話を怠ったら暴れて逃げ出すのがドラコニクスの習性だ。世話もしねぇ奴の命令に従えるか、と思って暴れて野生に帰るぞ。さっさとしろ！」

今ならば、シュクルと遠吠《とおぼ》えでやり取りをしている『三日月の爪』のドラコニクスは、厩舎を破壊するだけで後はガイウスの方に向かっていくだろう。

誇り高いが、恩義も忘れない。だからこそ竜種でありながら騎獣におさまっている。

鍛冶屋の店主の言葉に怯《ひる》みながらも不承不承という様子で、グルガンとベンが藁を替えたり餌やりをしたりと世話を始める。

その間にハンナとリリーシアはまた回復薬関係の選別をして、使えなさそうな初級のものを横に避《よ》けておく。やっと食糧品まで屋敷の廊下を掘り進めた所で、これらは無駄になるものがないのでポーチに詰めていく。後で台所のアイテムボックス（携行性のない大きな魔導具でアイテムポーチよりも安価な収納道具）に入れればいい。

『アイテムインベントリ』とアイテムポーチの違いは、インベントリは中身を把握していなくても一覧から物を取り出せることで、ポーチはこれが欲しいと思ったものだけ取り出せることだろう。ボックスはもう一段劣って、ボックスの大きさの分しか中に入らない。保存期間が普通に置いておくより長いだけだ。

もちろん、全部出てこい、と思ってポーチをひっくり返せば収納物はすべて出てくるが、ポーチの中身は相当な量が入っている。広い場所でやらなければ迷惑極まりない行為である。

また、最大の違いは、保存期間である。

ポーチの中でも生鮮食品は一年程保つが、インベントリは完全に入れた時の状態で取り出すまで時間が経過しない。ポーチの中では、一年を過ぎた頃から、徐々に悪くなっていく。

今、ポーチに詰め込まれていっているのは保存食が主なので痛い目に遭うことはないだろうが、アイテムポーチから適切に物を取り出すためには「何が入っているかを把握」していなければいけない。

　やっとダイニングの扉が見えてくる頃には、ハンナもリリーシアも何が入っているのか、もうよく分からなくなっていた。後で整頓した部屋で広げるなりして、新しいアイテムポーチに詰め込まなければならないだろう。

　そして、グルガンとベンは藁と水を替え終わると、どの餌がどのドラコニクスの餌なのか分からずに首を傾げていた。

　とりあえずどれも同じだろう、と、適当に餌箱に餌を入れる。量も適当だ。

　グルガンたちも、騎獣を買った時には好みの餌や世話のやり方の説明を聞いていたはずなのだ。世話を欠かさず毎日しなければいけないことも。売る側の説明責任もあるから、絶対に。

　だが、そんな事は、戦闘と恋愛にうつつを抜かしていた彼ら四人は、すっかり忘れてしまっていたのだけれど。

◇◇◇

　グルガンたちがなんとか鍛冶屋の店主に大型魔獣の解体をしてもらっている頃、ガイウスは川辺でホーンラビットの肉を焼いていた。

「あちゃ、クセで焼きすぎた。まぁインベントリに入れときゃいいか」

　一羽分も食べれば満腹になるが、気づいた時には三羽分も、焼いた石の上で加熱していた。さすがに一人でこれは食べられないし、シュクル……ドラコニクスは竜種には珍しい草食だ。

インベントリに仕舞おうか、と思って調理の続きをしていたら、森の方から複数人の足音がしてそちらを見る。殺気は感じないし、感じていたらシュクルが騒いでいたはずだ。

「に、肉の匂いだ……！」

「す、すみません、全財産払うので……分けてもらえませんか……！」

「水もある……！　あぁ、助かった……！」

どうやら、ガイウスよりも若い、十五歳程の駆け出しのパーティのようだった。

王都に程近い迷いようの無い森を彷徨《さまよ》ったらしい。明らかに飢えているあたり、どうしてそうなったのかが気になるところだ。

「金はいらないよ。焼きすぎたと思っていたところなんだ、食べていきな」

ガイウスはこんな所で死にかけている冒険者パーティに気前よく肉を振る舞い、川の水も飲めることを教えてやってから話を聞いた。

「俺たちは先月、冒険者登録したところなんだ。その、採取依頼で薬草を採ってたんだけど、途中でまさか、ゴブリンに当たるとは思わなくて」

「ゴブリンか、最初は厄介だよな。数も多いし武器も持ってる。石も投げてくる」

「そうなんです……魔力も尽きて私は足手纏《まと》いだし、二人は怪我をしてて……」

「期限は今日までだけど、とにかく薬草を齧《かじ》りながら逃げていたら道がわからなくなっちゃって」

見たところ、【剣士】と【魔法使い】、【シーフ】のパーティのようだ。回復役もタンク役もこれから雇えばいいだろうが、初期に依頼失敗をしてしまうと賠償金を払うのに街で働かなければならなくなる。

久しぶりに食べたせいで動けなくなっている彼らを残して「ちょっと待ってな」と言ったガイウスは一瞬森に入り、すぐに最上品質の薬草をひと抱えも持ってきた。

「森には群生地があるんだよ。そこから王都への道は送りながら教えてやるから、次は変なところに入って無茶な戦闘をしないようにな」

自分は納品予定もなければ回復薬も持っているからその薬草を彼らに譲ると、顔を輝かせ涙ぐんでお礼を言われた。

ここまで感謝された覚えは久しくない。

ガイウスとしても先輩面はなんだか恥ずかしいが、自分より後に冒険者になった相手や困っている相手に手を貸すのは『三日月の爪』にいた頃からやっていたことだ。

怪我をしている、と聞いたので様子を見て初級回復薬を渡す。軽い打撲や歩ける程度の捻挫、擦過傷などは、すぐにきれいに治った。

暫く食休みをしてから動けるようになった彼らを促して、ガイウスは「行こうか」と立ち上がる。

シュクルの手綱を持って歩いて川から群生地、群生地から王都の関所前まで送ってやった。

「あの！　まだこの辺にいますか?!」

「わ、私たちお礼がしたいんです！　できることならなんでも！」

「ガイウスさんは命の恩人です。俺らみたいな駆け出しのこと、よく分かってくれてて……」

熱い感謝の気持ちは嬉《うれ》しいし、ここに留まって少しのんびりするのも悪くない気がした。

こういう初級冒険者を助けるこの森のガイドみたいなことをしてみるのもいい。王都さえ出てしまえば、目的地は明確に決まっていたわけでもない。

「しばらくこの森にいようかな。だけど、お礼は要らないし俺がここにいるのは言わないでおいてくれ。君らが【僧侶】か【アイテム師】でも雇ったら、俺とは本当にお別れだ」

ガイウスの声には逆らえないような圧があった。初心者冒険者には黙って頷《うなず》くことしかできない。

彼らは手を振ってガイウスと別れたので、ガイウスはまたシュクルを連れて森に戻った。

――彼らはガイウスとは言わなかったが、最初の森で助けてくれた恩人のことはギルド職員に詳《つまび》らかに話した。約束は破っていないが、聞いていた人間にはガイウスのことだとバレバレである。

たしかに、冒険者同士で困っている相手を助けることはあるが、この初心者パーティが最初に申し出たように、何かしら対価を払うのが当たり前だ。自分の生命線になりかねない回復薬や食糧を初対面の相手に譲るようなお人好しは、王都の冒険者にはガイウスくらいしか心当たりがない。

しかし『三日月の爪』のメンツの耳にガイウスの話を入れてやる気は、ギルド職員にも聞いていた他の冒険者たちにもなかった。もうこの話はしてはダメよ、と優しくも強く言い含められて、素直に頷いた初心者冒険者たちは、ギルドの冒険者たちに可愛がられることになる。

そして、最上品質の薬草を指定数より多く納品した彼らは、倍以上の報酬を受け取り、さっそく【僧侶】か【アイテム師】を雇いたいと申し出て、募集をかけた。

初心者冒険者パーティを送り届けた後に、先ほどの川に戻ったガイウスは、旅支度をしてきたものの、初心者の案内をするなら森の中に拠点を作ろうかと考えていた。

しかし、ここは自分の土地でもない。誰の土地でもないから、買い取ることもできないし、そう何年も腰を落ち着けるわけではないのだから、キャンプで暫く森にとどまることに決める。

なにやら虫の知らせのようなものもするので、王都を出てからも離れるのに抵抗があったのだ。

川に程近い場所に旅用のテントを張ったガイウスは、シュクルの寝床になりそうな針葉樹の柔らかい葉がついた枝を、魔獣を解体するためのナイフでざくざく刈ってきて敷いてやる。

さらには先ほど枝葉を切り落とした木を一本、魔法弓を根本に連射して折って倒すと、解体用ナイフで腕の長さ程もありそうな丸太に切り出し、そのまま中を空洞にするように彫っていく。

シュクル用の簡易の餌箱が出来た。水は川から直に飲めばいい。

「ほら、餌だぞ」

「ガァ！」

ガイウスはちゃんとシュクル好みの餌を買い込んできていたので、この餌が無くなるころ、次の町につけばいいか、と思っていた。優に数ヵ月分はある。

ドラコニクスの餌の方が自分の飯より入手が大変だ。別に草食だから森に放てば飢えないだろうが、そのまま野生に帰ってしまっては生態系が壊れる。

世話をしない人間のそばを離れるのは当たり前だ。

「アイツらもちゃんと、好みの餌くらいは覚えてるよなぁ……、みんなで一緒に買って、一緒に世話するって言ったのに、してなかったから……ちょっと不安だけど」

「グゲ？」

「最初は全員でそれぞれ好みの餌だとか、藁替えとかやってたの、思い出したんだ。あの頃はよかったな……」

シュクルは応えない。分かっているからだ。

ガイウス以外は、誰もそんな事を覚えていないことを。

自分たちが『三日月の爪』に引き取られ、その後三日と経たずにガイウスだけが世話をするようになり、野営の時もガイウスがこうして寝床を作り、餌をくれたことを。

だから、シュクルの心情としては『あいつらにそんな分別があるものか』だ。

一応聞こえてくる遠吠えに、まだそこまでの怒りは無い。誰かがお節介してくれたようだ、とシュクルは理解し、近くの森に暫く留まる、と遠吠えを返した。

日が暮れていく。

ガイウスは何も意地悪をしたわけじゃない。

何でも最初はみんなでやっていた事だから、みんなで店に行ったから、みんなで買い物をしたから。

自分が『交渉術』のスキルがあったとしても、やった事を見ていてくれていると思っていた。当たり前に、そう思っていた。

グルガンたちが、自分の恋人の顔ばかり眺めるようになったりしていた事には、残念ながら背中に目はついていないので、ガイウスは気付けはしなかったが。

◇◇◇

鍛冶屋の店主が素材の解体を終わらせた夕方ごろ、屋敷の中の物も外の物も、必要な分は四人のポーチの中にパンパンに詰め終わった。

誰のポーチに何が入ってるかは分からなかったが、売り払う用の初級回復薬に、何故か売り払われていなかったレアドロップ装備などは広間に一旦山と積まれた。

個人の部屋の中までは侵食してなかったのは幸いだが、拠点の屋敷をみっちりアイテム漬けにしていったガイウスに、勝手にクビを決めたせいだと申し訳なく思ったのが二名、こんなに自分たちに手間をかけさせるなんてとさらに怒っているのが二名と分かれた。

そこに、鍛冶屋の店主が顔を出す。

「おい、解体が終わった。素材は預かっていくぞ。あぁ、ドラコニクスの世話は毎日朝晩二回だぞ。日が暮れる前にやっとけよ」

「親父さん……、俺らには分からないんだけど、これ、かなりのレアドロップなんだよ……なんで売られてないのか分かるか？」

尋ねたのは、申し訳ないと思っているグルガンだ。グルガンはハンナと付き合っているのだが、ハンナは大きく露出した胸の下で腕を組みプリプリ怒っている。

「クビにならなきゃそのうちこっそり換金しようとしてたんでしょ！　家の中に隠すように詰める

なんて、ありえない！」

「俺もそう思う。退職金を支払ったのが間違いだ」

同調したのはリリーシアと付き合っているベンだ。彼も怒っている。顔には出ていないが、声が硬い。性格的にも不正には厳しい正義漢なところもある。

怒っている二人の様子に呆《あき》れながら、残されていたレアドロップの装備品を一つ鑑定した鍛冶屋の店主は「これはサービスだからな」と念を押してから、どれもこれも見てくれた。

そして呆れ果てたため息を吐く。

「そりゃお前ら、これはこのままじゃ使えないからとっておかれたんだよ。素材と一緒に預けてくれりゃあ、俺が打ち直せるがな。素材がないからとっておいたんだろ。中には打ち直しもできない、コレクター用にしかならない耐久性が無さすぎる物もある」

「は?!　どう見てもこれ、すぐにでも使える新品じゃない！」

ヒステリックなハンナの反論に、鍛冶屋の店主はいっそ可哀想なものを見る目を向けた。

「お前らが何も知らんのはもう充分わかっていたつもりだったが……、はぁ～、ガイウスを何で追い出しちまったかね」

「初級職からランクアップしないからだ。ステータスの上がり幅が断然違うのに、アイツは成長を拒んだ」

ベンは表向きの理由を鍛冶屋の店主に説明した。まだ怒り心頭なので、声が微妙に低い。

「でも冒険に付いていって、自衛やサポートはこなしてたんだろ？」

「……」

　ベンの答えに、鍛冶屋の店主の質問が重なると黙るしかなかった。

　確かに庇《かば》う必要は本当はない程、ガイウスは自衛もサポートもこなしていた。きっと、この先の冒険でも問題なくこなしただろう。

「もう一度言うぞ。まずこのレアドロップ装備だが、どれも耐久性が無さすぎる。二、三回振ったら壊れる。こういうのは、さっきも言った通り同種の素材と一緒に持ってきてくれりゃ打ち直すが、あんまりにも耐久性が低いものは偶《たま》に募集を掛けてるコレクターに売るしかねぇ。ガイウスが態《わざ》と売らなかったとか装備させなかったって訳じゃねぇよ」

「や、やっぱり理由があったんですね……！」

　ガイウスが態と不利益をもたらした訳じゃないと聞いて、リリーシアがホッとする。ベンがひくりと頬を引《ひ》き攣《つ》らせた。面白くないらしい。

「それから、その初級回復薬とかはどうすんだ？」

「あぁ、これは俺らはもう使わないから売ろうかと……」

「は？」

　比較的ガイウスを追い出してしまった事を悔いているグルガンの答えに、鍛冶屋の店主はさらに呆れた。

　ガイウスが置いていったという事は、アイテムでの回復時にはガイウスが仕分けて渡してやっていたのだろう。それでも、自分の使う薬についてガイウスに尋ねはしなかったのだろうか。

いや、そもそも冒険者になる時の講習で習う内容のはずだ。

いよいよ咎《とが》められ慣れてきたメンツは、またまずい事を言ったらしいという顔を見合わせた。

「ひよっこの時からガイウスがいて当たり前、ガイウスが【アイテム師】だからって買い物も使用も任せてたんだろうが……お前らな、過剰回復って知ってるか？」

「あ……！」

はた、と気づいて目を丸くしたリリーシアが口元を手で押さえる。なぜ気づかなかったのか、と自分でも驚いている顔だった。

「なによ、リリー。思い当たる事でもあるの？」

「あの、はい……私も回復魔法は使えますが、ヒール、ハイヒール、エクストラヒールとありまして……簡単に言えば、擦り傷や致命傷では無い斬り傷にエクストラヒールを使うと、回復作用が強すぎて回復後に全身が傷つきます。その、理屈は長くなるので省きますが、低級魔獣の一撃を食らった回復のために上級回復薬を使うと……逆に致命傷になるんです」

傷を回復させるために、外からの魔力供給を促し、自己治癒能力を高めるのが回復魔法や回復薬の役目である。

小さな傷に過剰な回復を施すと、体の代謝が上がりすぎて内側から全身に傷が回る。大は小を兼ねないのだ。

「そういうことだ。ねぇちゃんは【上級僧侶】だから知ってたみたいだが、回復薬はどうせガイウスの『投擲《とうてき》』で投げられたものを受け取って、確かめもせずに、何の疑問もなく飲んでいたんだろう。体力も魔力も一緒だが、ダメージに応じて使い分けないと痛い目見るぜ。店で買う時に説明されるもんだがな？」

「……」

「……」

　誰も何も言えない。【アイテム師】の肩書きに任せて全てガイウスにさせていたのは自分たちで、その【アイテム師】を勝手にクビにする事に決めたのも自分たちだ。

「で、でも、それなら教えてってくれてもいいじゃない！」

「馬鹿なのか？　そこの【黒魔術師】のねぇちゃんは。冒険者なら、最初の冒険者講習で習って、自分たちで当たり前に知っているだろう事を誰が説明するんだ。知ってると思って当たり前だろう。もしかして、講習の内容も全部忘れたのか？」

「……そ、れは……」

「他人任せにした挙句、追い出す前に教えてください、って言ったのか？　店で買い物するときに、改めて店主から教わるくらいの常識を知らないと思っている奴がいると思うかよ」

　アイテムの販売時には、初回は必ず説明する義務が店主にはある。間違った使用方法で事故が起こるのを防ぐためだ。

　魔力回復薬も、あまり過剰回復させては魔力に酔って神経が一時的におかしくなる。酩酊《めいてい》状態に近くなり、正常な判断力と平衡感覚を失う。

　ぐっ、とハンナも黙った。

これ以上『三日月の爪』に依頼された以上のサービスをしてやる義理はない。鍛冶屋の店主は、ドラコニクスの世話は忘れるな、と念を押して帰っていった。

気まずい空気の中、目の前の「売るつもりだった物」を、とりあえずこのままにする事は暗黙の了解となった。

◇◇◇

月の出る頃、シュクルが体を丸めている横で火を起こしていたガイウスは、夕飯用に新たに肉を焼き、森で採集した果物や木の実で腹を満たして、半分寝ているシュクルに対して愚痴を呟《つぶや》いていた。

「俺もさ、別に積極的にパーティから抜けたかった訳じゃねーのよ。わかるか？　でもさ、拠点では毎晩のようによろしくやってる声が聞こえてくるしさ……時には野営中のテントでまで！　あぁ！　イライラする！」

「……グァ」

「大体五人パーティでカップルが二組出来たら、俺に一人ナンパする権利くらいあってもよくないか⁈　俺だって……、俺だってさぁ……」

ガイウスは見た目が悪い訳ではない。

が、白に金の模様が入った豪奢《ごうしゃ》な鎧と長めの片手剣、金髪碧眼《へきがん》で鍛えているグルガンは正統派でカッコいい。

　黒髪につり気味の赤目のハンナと並んでいると絵になるし、ハンナも出る所は出ていて引っ込むところは引っ込んでいるいい女だ。それを引き裂く気はない。

　ベンも重鎧《じゅうがい》に巨大盾と戦斧《せんぷ》を装備し、その体軀《たいく》は同じ男のガイウスが見上げるほどで、冷静で無愛想に見えるが正義感の強い仲間想いのいい奴だ。茶色の短く刈り込んだ髪に緑の目の逞《たくま》しい顔付きは人を寄せ付けない雰囲気もあるが、一度でも一緒に旅をすれば優しい奴だと分かる。

　そんなベンは最前線のタンク役だから、補助や回復をするリリーシアと仲良くなるのは当たり前で……彼女は緑の太い三つ編みに丸眼鏡の【上級僧侶】、引っ込み思案で、服を着込んでるが胸がでかいのは見ればすぐ分かる。顔だって可愛い。そりゃデキる。これももう仕方がない。

「だけど俺は全員のサポートをしてたのにさ！　彼女の一人くらいスカウトさせてくれよ！」

　ガイウスは特徴のない黒髪に灰の目をした、健康的で一般的な見た目の青年だ。

【アイテム師】は後方で戦況を見てアイテムを投げるのが仕事だ。魔法弓だの短剣だのは護身かサポートに使うくらいで、メインの火力にはならない。

　他のメンバーに比べたら、見た目も行動も、華やかさに欠ける。

　そもそも、初級の【アイテム師】から上級職にならないのにも理由があった。

と、そこまで考えた所でシュクルが顔を上げる。

　ガサガサと足音を立てて近づいてくる気配があったが、シュクルが敵意なしと判断してまた丸くなったのを見て、ガイウスはそのまま焚《た》き火の世話を続けた。愚痴はそっと引っ込める。他人に聞かれるのは恥ずかしい内容だからだ。

やがて姿を現したのは、知り合いだが、特別親しいわけではない冒険者の女性だった。

「ガイウスさん……ここに、いたんですね。よかった……」

「君は確か……ダンジョンで、君がパーティと逸《はぐ》れた時に俺たちと一緒に外に出た子だよね。えっと、名前は……」

「ミリアです。ミリア・リコー。【魔法剣士】になりました」

【魔法剣士】は上級職だが、その中でもかなり難しい部類に入る。

基礎魔法を【魔法使い】で、剣技を五つ以上【剣士】で会得した者に与えられる職業だ。確か、以前は【魔法使い】だったと思う。一年以上前の事だ。

「どうしたんだ？　上級職なら、こんな森に用はないだろう？」

「あ、あります！　あの……っ！」

「うん？」

ミリアは短めの鎖帷子《くさりかたびら》に魔法銀の薄いプレートメイルを纏い、腰に剣と、背中に予備の杖《つえ》を背負っている。装備の質からして、レベル帯もガイウスと同じくらいだろう。

【魔法剣士】ならばどこのパーティでも歓迎されるはずだ。中・近距離に強い火力特化の職業で、基礎魔法を修めているので回復もある程度期待できる。

見た目も可愛い。年齢はガイウスの少し下だろうが、同年代には変わりない。

銀色の長い髪を高い位置でくくり、アメジストの瞳は大きく、ところどころに覗《のぞ》く腕や太腿《ふともも》の肌は白い。頬は桃色に色付き、唇も小さく可憐《かれん》な花弁でものせているような、誰がどう見ても可愛い女性。その上、胸も大きく腰も張っている。

その脚をもじもじとさせながら、焚き火を挟んだ向こう側のガイウスに、どう言おうか迷って、意を決して発言した。

「私と、パーティを組みませんか?!」

「えっ……、なんで？」

ガイウスの反応は反射的に出てきたものだが、ミリアはどう説明したものか言葉に詰まる。側《はた》から見ていれば「どう見ても気がある」ミリアの行動に、ガイウスは全く気が付かない。

彼はどうしようもなく鈍感だった。

第三話　回帰の兆し、しかしてそれは暗雲を伴い

『三日月の爪』は慣れない労働に、不満と怒り、不安、反省など、それぞれが複雑な感情を抱えており、昨夜は残されていた保存食のパンを齧《かじ》って早めにそれぞれの自室で休んで、翌朝。

今朝は四人でドラコニクスの世話をし、好みの餌とやらは、やはりすっかり忘れて思い出せないので、適当に餌やりをして、それからやっと自分たちの朝飯を食おう、となった。

しかし、ここで困ったことが起きた。

今まで四人はガイウスに食事まで依存していたので、誰が作るかで揉《も》めてしまったのだ。

「……昨日、ガイウスの肩を持っていたリリーシアが作ればいい」

「なっ……ベンさんはガイウスさんの何が悪いと思ってるんです⁈　私たちは『辞めて欲しい』と相談したわけじゃなく、追い出したんですよ⁈」

「朝から怒鳴らないでよ、イライラするわ」

「ハンナは女の子なんだから、進んで作ってもいいんじゃないか？」

「何よそれ！　ガイウスは男だったでしょ！　最終的にクビにしたのはグルガンなんだから、グルガンがやってよ！」

「怒鳴らないでって言った口で怒鳴ってるじゃないですかぁ……」

こんなことでギスギスしてしまう。

結局持ち回りということになって、今朝はグルガンが簡単な炒《い》り卵《たまご》と野菜のサンドイッチを作った。拠点の台所にあるアイテムボックスには、家に残されていたガイウスの所持していた食糧の他にも、ちゃんと素材が残っている。それと冷たい牛乳を一緒に出して、とりあえずの朝飯となった。

グルガンの頭の中にはどこで間違ったのだろうという思いが渦巻いていた。昨夜から考えていて、一向に答えは出ない。

一変した環境、自分たちへの風当たりの強さや、ガイウスが抜ける、という意味を本当に理解していなかった驕《おご》りについて考えてしまい、なかなか寝付けなかった。

サンドイッチを齧る。自分で作ったものだが、ガイウスの食事はもっとずっとおいしかった。

思い出したのはずいぶん前の野営。

ガイウスに「なぜ【アイテム師】からジョブチェンジしないのか」と聞いたことがあった。ちょうど自分が【剣士】から【騎士】という中級職にランクアップした頃だ。

ガイウスは焚《た》き火を見ながら……その頃はガイウスになんでも任せるのではなく、一緒に火の番をしたりしていた……語ってくれた。

「【アイテム師】のスキルは『アイテムインベントリ』無制限、地形無視の『投擲《とうてき》』、物を判別する『鑑定』、最適なアイテムを選ぶ『即時判断』、あとは手渡したアイテムの効果が上がる『品質上昇』に、あらゆる取引で使える『交渉術』がある訳だけど、これ、ジョブチェンジすると必ず何かが消えるんだ。『アイテムインベントリ』は冒険者なら【アイテム師】専用スキルだし、冒険者で『鑑定』が使えるのも【アイテム師】だけ。『投擲』に特化していくなら【忍者】か【レンジャー】

にジョブチェンジして、どちらも極めた【アサシン】になるか、『交渉術』に特化すれば【調教師】で一時的に魔獣を味方にしたり、最終的には【テイマー】になるんだけど……【アイテム師】は装備制限も無いし、スキルを伸ばして極めていけば、上級職と同じような真似ができるからさ。ステータスの伸びは悪いけど、『即時判断』を極めれば音もなく移動できるような場所と足運びを判断できるようになる。『投擲』を伸ばしていけばこの魔法弓でヘッドショットも狙えるし、要は命中力があがるから短剣でも急所を狙える。【アイテム師】はサポート職だから、体力の伸び方は割と最上位だからずっと戦えるし……『鑑定』も伸ばしていけば魔獣のある程度のステータスも分かる。割と勿体《もったい》ないんだよな、できることが減るのって」

――だから、行けるところまで【アイテム師】を極めるつもりだ。

珍しく、自分のことを長く語ったガイウスは、ごめんな、と言いながら笑った。グルガンは、謝ることじゃない、と言ってその話は終わった。

騎獣を買ったのはその後。全員でドラコニクスを買った。

全員で飼育の方法を聞いたが、すぐにガイウス以外世話をやらなくなっていった。

上級職を目指して訓練するからとか、後はまぁ恋愛にのめりこんだりとかで。やってみれば分かる、皆でやればそう時間を取られることじゃない。

ガイウスは、手伝ってくれ、とは言わなかった。それもそうだ、自分の騎獣の世話を手伝うなんて、間違っている。自分でやる、のが当たり前だ。

買い物も、店についてはいっても『交渉術』頼りだったが、アイテムの説明は聞かないのか？

とは聞かれた。「見ればわかるから大丈夫」と答えたが、なにもわかっていなかった。ガイウスに任せたのは、グルガンたちだ。

グルガンの目から涙が溢《あふ》れてきた。サンドイッチを嚙《か》みながら、何故【アイテム師】の仕事以外もさせて当たり前のようになってしまったのかを悔いた。

店も、鍛冶屋も、ギルドの納品も、ついて行っていたのに。

王宮に納品に行く、とガイウスは言っていたのに。せめてその時に、そうでなくても辞めさせるとなった時、ガイウスにアイテムについて指示を出しただろうか？　何をどう処理するのか、聞いたろうか。いや、出していない。それどころか、引継ぎしにくるか？　と尋ねてくれた彼の気遣いに、さっさと追い出して新たな門出を祝いたいだなんて考えで、伸ばされた手すら振り払った。

いくらでも入る『アイテムインベントリ』だから持ち歩いていた焚き付け用の素材やら、王宮に納品するための大型魔獣の死体。実戦では危なくて使えないレアドロップの数々。

それを拠点に置いていくだけでも大変だろうに、その時自分たちは新たな門出を祝ってと酒を飲んでいた。ガイウスは、他の店や王宮に『三日月の爪』をよろしく、と言って回って王都を出たのに。

泣きながらサンドイッチを食べるグルガンにぎょっとしながら、ギスギスしたのもあって誰も声を掛けることもできないまま、朝食の時間は過ぎていった。

◇◇◇

「あぁ……そうなんですか。ガイウスは昔馴染《なじ》みだったのですが……声を掛ける時間がなくて。王都を出ていかれてしまったんですね」

冒険者ギルドの受付で、先日とは違った……それでも上等な服装に違いない……衣服に身を包んだウォーレンがガイウスについて聞いていた。

受付嬢は非常に申し訳なさそうな顔で、ガイウスが王都の冒険者ギルドの登録を解除して出て行ったことを説明した。

ウォーレンの身なりや物腰から、近くの森にいますよ、と教えようか悩んだが、冒険者でもない一般人には、冒険者にとって初級の森でも探索は勧められない。

下手に教えてウォーレンが森に入ってしまっては危ない、という配慮から受付嬢は教えられる範囲の事実だけを語って聞かせた。

ウォーレンはその場では食い下がらず、帽子を脱いで一礼してギルドを後にした。

ガイウスの過去を知る者は殆《ほとん》どいない。『三日月の爪』ですら、孤児院の出身、ということしか知らないでいる。

「やっぱり、教えたほうがよかったかしら……」

護衛依頼を出してくれれば、誰かつけて会わせてあげられたかもしれない、とウォーレンの背中を見送った受付嬢が頬に手を添えて溜息《ためいき》を吐《つ》く。

しかし、冒険者同士の暗黙の了解で、互いの過去に触れないというものがある。

だから、過去の知り合いだと言われたとしても、本人が望まない再会の可能性もある。どれだけウォーレンがいい人に見えたからといって、ガイウスの過去を詳細に聞いてもいなければ、ウォーレンという名前を聞いたこともないのだ。おいそれと教えることはできない。

一方、ウォーレンの方もギルドを出て大通りに入り、人目を避けるように建物の間にある細い小道に入り込んで、周囲に誰もいないことを確認してから、両手で杖《つえ》を支えるようにして地面に立てる。

「お前たちのお友達のガイウスが、この町の近くにいる。そう遠くに行っているわけではなさそうだ、探しておいで。かくれんぼだ。ガイウスを見つけた者にはご褒美をあげよう」

ギルドの受付嬢のかすかな表情の機微からそこまで察したウォーレンは、建物と建物の間の影になっている部分でそう呟《つぶや》いた。

すると、杖を中心に影の中をうごめくものがある。その影が複雑な模様のように揺らいで赤い目がいくつも開き、影から影へ移動するようにざぁっといくつもの気配が足元から町の中へ、そして町の外へと広がっていった。

王都の中にいるのなら人間を使ったほうが早いが、王都の外となるとこっちのほうが早い。

ウォーレンの声に従ってすべての影が散開すると、建物の隙間からウォーレンは青空を見上げた。

「まったく、困った子だ。いつまでたっても私から逃げられると思っている……。すぐに一緒におうちに帰ろう、ガイウス。外で美味しそうに育ったお前を見つけて……ふふ、ははは……、いやぁ……経験というのも大事だねぇ」

たった四年だが、ガイウスの気配はかなりいいものになっていた。アレが手元に戻ってくれば、いくらでも使いようがある。

それに、【アイテム師】だという話を聞いた。下手に上級職に就かれていると、かえって能力がとがりすぎて使うのが不便だ。一度殺さなければならないが、ガイウスは生きたまま使う方が便利だろう。

あの時も、私が商談に出かけた隙だった。孤児院の金を盗んで逃げおおせたガイウスの足取りをたどるのは難しく、一度は諦めたが、まさか王都にいるとは思わなかった。

「待っていなさい、ガイウス。私が迎えに行きますからね」

そして、二度と逃げ出せないようにしてあげましょう。

ウォーレンは機嫌よく呟くと、お茶にしようと町の大通りに戻って行った。

◇◇◇

「おはよう、ミリア。落ち着いた？」

ガイウスは一人用のテントをミリアに譲り、自分はシュクルに寄り添って寝た。予備の毛布もあったので特に凍えはしなかったが、川辺は石でごつごつしているのが難点だ。少々腰が痛い。

「お、おはようございます……！　すみません、突然押し掛けたのにテントを……」

テントから身支度を終えて出てきたミリアにガイウスが温かいお茶を差し出す。蜂蜜とミルク入りだ。焚き火の火もまた、程よく燃えている。

昨日切り倒した木の残りを椅子にしてミリアが座り、ガイウスはシュクルに寄り添って座る。シュクルは餌箱の餌を食べていた。

「いいよ。――でも、なんでまた俺と？　俺はいいけど、王都には戻らないし……パーティをクビになったからな。世話になった人も多いけど、王都で暮らせるほど図太くもなくてさ」

「……知っています。あの、『三日月の爪』ですよね。いきなり追い出すなんて……！」

「そこはいいんだ、居心地も悪くなっていたし、退職金も貰《もら》ったし。だから色んなところによろしくってお願いもしてきたしな」

「それなんです！」

突然のミリアの大きな声に、ガイウスもシュクルもギョッとした。ミリアは怒っているようだ。

「ガイウスさん、アイテムを全て置いてきましたよね」

「ん？　うん。普段から野営や探索に使っているクズ素材とか、王宮に卸す機会を待っていたのとか、屋敷の中にはぎっしり実戦には使えないレアドロップとか、回復薬とか……俺の私物じゃないし」

「それなんです。焚き付け用に最低品質の魔獣の皮を使ったり、傷の大きさに適した回復薬を使ったり、大型魔獣は王宮での買取だったり……あとは装備を整えるのに自分で素材にしますよね？」

「え、うん。なんでそんな当たり前のことを、今？　店で買う時とか、冒険者ギルドの講習とかで習うと思うけど……」

「その焚き付け用の素材を、わざわざ素材屋の店主を引っ張ってきて売ろうとしたり、金を払うなら引き取ると申し出てくれたのに断ったり、大型魔獣の素材を鍛冶屋さんに剝がさせたり、その前にアイテムポーチを依頼したら、素材にしてない上に持ち込んだわけでもないのに、ぼったくり、と言ったらしくて！　しかも回復薬の使い分けもろくに知らなかったとか！　今、とっても評判が悪いですよ」

ミリアの言葉にばちん、と掌で目元を覆ったガイウスはそのまま天を仰いだ。

商売で店を営んでいる相手を引っ張り出した上に謝礼も払わない、取引もしない、門外漢の仕事をさせる。素材の剝ぎ方なんて、冒険者登録する時に義務で受ける初心者講習で習う事だ。

確かに自分が入ってしばらくしてからは、自分に全て任されてはいた。

素材の品質のためにも【アイテム師】の自分がやった方がいいのは間違いない。それにしたって……まさか、できなくなっているなんてことはないだろうな、とガイウスはだんだんと空恐ろしくなってきた。

「……嘘《うそ》だろ？　まさか、はは、だってS級だぞ？　買い物だってついてきていたし、……ドラコニクスの世話は少し心配だったけど……、アイテムについてだって、辞める時に俺は何も言われてないから、てっきり分かっているもんだと……あー……、本気で何も考えずに俺は……クビにされたのか」

今までは「お前がいなくても大丈夫だ」という判断のもと、冷静に全員一致でクビにしたのだと思っていた。

だから退職金もすぐ払えるように用意してあったんだと思ったし、何なら他の上級職でサポート役にちょうどいい奴でも見つけたりだとか……とにかく、ガイウスはパーティメンバーが全員一致で、自分を追い出してもやっていけるという見当をつけてのことだと思っていた。

皆アイテムポーチは持っているし、そもそも一年間はガイウス不在でやっていたのだ。

自分は田舎の孤児院を出て、働き口の多い王都で、たまたま冒険者適性と教会で【アイテム師】というジョブにあずかれたにすぎない。

【アイテム師】が便利すぎて転職も考えていなかったし、今後もする気はない。

そう、自分にとって便利だということは、同じパーティにとっても便利だったはずだ。だが、追い出す方に追い出される方が代替案を出してやる必要はないし考えもしなかった。

引継ぎをするか？　と聞いて断られたのも、わざわざ引継ぎする必要もない、のではなく、引継ぎの重要性を理解していなかったらしい。ガイウスはひたすら頭を抱えるしかない。

「まさか……代替案も、俺が抜けてどうなるかも、何も考えずに追い出したとか……」

「……『三日月の爪』に、戻られますか？」

「いやぁ、そこまでお人好しでも無いし……、旅をしながら田舎にでも引っ込もうかと思ったけど、その前に、蓄えがある間はここで初心者のお助けでもして行こうかと思ってた」

「では、やはり私とパーティを組みましょう！　必要な物は私が買ってきますし！」

「いやいや、俺が買ってきた方がお得でしょ。鍛冶屋に頼むのも。というか、あの、パーティ組んで何するの……？」

ガイウスにはそこが分からない。いくら顔見知り程度とはいえ、可愛い子に熱心にパーティを組もうと言われて悪い気はしない。

だが、職業的に彼女はどこでも引く手数多《あまた》だろう。

ガイウスに不利益は無いにしても、ミリアがガイウスをわざわざここまで捜しにきて、パーティを組む理由が見つけられない。

「あの……、少し、長い話になるんですが、聞いてもらえますか？」

「いいよ、俺は時間があるし。あぁでも、その前に朝飯にしよう」

言ってガイウスは、インベントリから果物とホーンラビットの肉を取り出すと、手際よく肉を叩《たた》いて丸め沸かした湯に他の材料と共に入れる。肉団子のスープと、皮も噛み切れる柔らかくて甘い果物でミリアと二人で朝飯にした。

体の温まるスープと瑞々《みずみず》しい果物で腹を満たし、ミリアと食後のお茶にしながら、彼女の言葉に耳を傾ける。

シュクルは相変わらず寝そべっていて人間の話に然程《さほど》興味は示さず、ガイウスはそんなシュクルに凭《もた》れ掛かって話を聞いていた。

「私がダンジョンで迷った時、『三日月の爪』の皆さんに助けられたことはすごく恩義に感じていたんです。いつか役立てるくらい強くなったら加入させて貰おうと思って。でも……その時の『三日月の爪』の皆さんのガイウスさんへの対応が疑問でして……」

「一年前だと……皆がちょうど上級職に就いた頃かな。何か変だった？」

「はい。あの、普通パーティ全員で野営の支度はするものだと思うんですけど……ガイウスさん、テントの組み立てから焚火《たきび》の支度、料理に騎獣の世話まで一人でやっていませんでしたか？」

「あぁ……、そういえば、いつからか俺が一人でやるようになってたなぁ。でも、自分たちのことなのに、手伝ってくれ、って言うのも変だし……慣れもあったかな。戦闘面では火力にならないし」

「火力にはならなくとも、サポートは完璧、敵の魔法詠唱を阻害したり、後方支援としては最高の連携をされていると思いました。……何故クビになったのか、本当に不思議で仕方なくて……」

「たぶん、あいつらがデキてるからじゃないか？　居心地悪いなって感じたのはそこだし」

「デキ……、えぇ……？　それは、本気で言ってますか……？」

「この上なく……、そんなに変？」

ミリアはミリアで、ガイウスの欠けている部分というか、何かおかしい、という部分を改めて対話して感じていた。が、まだその正体はモヤモヤとしていて摑《つか》み切れない。なので、今はひとまず言及を避けることにした。

「まぁ、それは今の『三日月の爪』の方々に聞いた方が早い気がしますので……。で、私がダンジョンを出て仲間と合流するまで、私を世話して守って丁重に扱ってくれたのはガイウスさんだけでした。他の方は……、なんというのでしょう。ガイウスさんが居るのが当たり前、に慣れていて、自分のことも自分でしていなかったように見えます」

「……まぁ、それは、君から聞いた話だと、そうみたいだね……」

内心、無理矢理にでもやらせた方がよかっただろうか、とガイウスは後悔し始めている。

ガイウスが居た孤児院では、言われなきゃできない、ではご飯が貰えなかった。

自分の事は最低限自分でしなければ、誰も何も手伝ってくれない。院内の清掃から内職まで、全て自分が率先してやる。そうじゃないと、その日の飯にありつく権利すらない。

記憶にあるのは、気づいたら見知らぬ街で、帰ろうというときに祝福するような紙吹雪が降っていたこと。

あの紙で、故郷は更地になったことと両親を亡くしたことを知り、そのままなし崩しに孤児院に入ったこと。

灌木《かんぼく》の檻《おり》の中で、五歳ごろからずっと、自分が生きていくための生活をしていた。外で遊ぶ時間もあったが、あれは体力づくりと孤児院の体面のためだったのだろう、と今ならわかる。

他の子どもたちも、村が魔獣に焼かれただとか、借金の形《かた》に売られたとか、そういう子供の集まる孤児院だった。

だから自分のできる事を増やして、技は何でも盗み、知れる事は貪欲に知り、他人との交渉や駆け引き、時にはわざと負けることも覚えた。

そういう環境で育ったせいか、最初王都に出て来たばかりの頃は周囲にもそれを求めてしまった。

案外と王都の人達はそういう人達ではなかった。優しくすれば優しさが返ってきたり、あまりになんでもかんでも出しゃばってしまうと、相手の領分を侵すことになると学んだ。

教会でジョブを得て冒険者になり、ちょうどメンバーを募っていた大討伐戦で出会った師匠の元で一般常識を学んだ。その後、『三日月の爪』が、サポーターを募集していたから加入した。

そう、学んだはずなのだ。学んだはずなのだが……いつしかガイウスは、声を掛けるのを諦めてしまった。

一応、何度かは聞いているのだ。やるか？　とか、聞かなくていいのか？　とか。

最初は一緒にやっていた野営の準備も火の番も、いつの間にかガイウスが一人でやるようになった。

声を掛けたところで、ガイウスにやらせるのが当たり前になっていき、ガイウスは声を掛けるのを諦めて根っこに染み付いた生き方をぶり返してしまった。と、ミリアの話を聞いて改めて思う。

孤児院の記憶はあまり思い出したくないが、今の自分が半分その頃に戻りかけていることは理解できた。ミリアとの会話がなければ、自分の本質に気づかなかったかもしれない。

『三日月の爪』の中では過去の自分を繰り返していたけれど、その分、他の初心者の冒険者や、ミリアのような迷い人、あとは町でよくしてくれていた人達とは、学んだように接することができていたと思う。

もしかして、コミュニティ的なものに所属するのに自分は向いてないんじゃないか、とまで考えて、「ガイウスさん？」と声を掛けられているのに気付き、はっとして顔をあげた。

「あ、ごめん。で、まぁここまでの経緯はそれとして、なんで俺とパーティを？」

「一緒に攻略したいダンジョンがあるんです。B級ダンジョンなんですが、そこのボス魔獣が特殊個体という噂《うわさ》で……そのダンジョンに、魔法と剣技を一本で両立させることができる魔法剣があるというのです。B級の特殊個体ではB級の人たちは怖がって出向きませんし、私がいたA級のパーティでは私以外に旨味が無いので渋られてしまい……、思い切って抜けてきました。私が役に立てることを示せれば、またどこかのパーティに所属できますし。【魔法剣士】の装備は剣と杖の二本になってしまいまして……、私は一人で前線を張れますけど、もっと先に行きたいので。もっともっと強くなりたいんです。ライセンスもA級です。ガイウスさんのサポートがあれば、私とガイウスさんで攻略できると思うんです……！」

「あー……、一応聞くけど、俺は完全に後方支援っていうのは」

「わかっています」

「その上で、二人でダンジョンに挑む。ふぅん……、そうだな、別にいいよ。でも、本当に二人で攻略できる目途はたっているのか？」

ミリアは困った人を見るようにガイウスを見た。

ガイウスは知らなすぎる。ガイウスにできる事、一年前ミリアの前でやってみせた事、それがどれだけ特異なことなのかを。

そして、『三日月の爪』も知らな過ぎた。ミリアならば絶対に、ガイウスをパーティに入れたら最後、手離す考えは浮かばない。

「私は確信しています。ガイウスさんとならば、絶対攻略できると」

◇◇◇

グルガンが朝飯を作った日の昼には、鍛冶屋から弟子が「アイテムポーチができたから取りに来い」という連絡を持ってきた。頼んだ品が品だけに、弟子にも持たせられなかったのだろう。

何故か町中を歩いているだけでヒソヒソと噂され、避けられている気がする。そう思いながらも、取りに行かないわけにもいかない。

ついでに冒険者ギルドに寄って四人になったパーティで依頼を受けようという事にもなった。一度ポーチの中身を入れ替える必要があるから拠点には戻るが、S級に上がったばかりだし、どんな依頼があるかを聞くだけでもしたいというわけだ。

その話をした時だけは、少しだけギスギスした雰囲気も和らいだ。

もうガイウスは追い出してしまったのだから、誰かに怒られたり呆《あき》れられたりしても前に進むしかない。

「親父さん、伝言もらったから取りに来たんだけど……」

「おう、いらっしゃい。出来上がってるぜ」

今日は比較的穏やかに出迎えられた。やはり客は客として大事なのだろう。金も支払っているし、言われたことは素直に聞き入れている。

ただ、『三日月の爪』は店で言ってはいけない事を言った事を忘れている。ぼったくり、なんて言われて呆れるだけで済ませるなんて甘いこと、一流で信頼のおける店ほどしてはくれない。

必要なのはレッドドラゴンの革と牙だけだったが、鍛冶屋の店主はきっちり他の部位も、グリフォンの素材も引き取っている。

それを確かめなかったのは『三日月の爪』であり、ぼったくりと言ったのも『三日月の爪』で、その上そこに関心がないところを見て、店主は内心溜息を吐いた。

返せ、と言われたら返すつもりだったが、言い出す気配はない。とはいえ、騙《だま》し討ちのような真似をしたもので商品を作るつもりはないから、残りの素材は文字通りお蔵入りだろう。

「ほらよ、容量最大の良品質のアイテムポーチだ。急ぎだったからな、最良って訳じゃないが、そんじょそこらの物とは耐久性も軽さも違うぜ。持っていきな」

「ありがとう、……それに、色々教えてくれたことも」

グルガンの素直な礼に、店主は妙な顔をした。

どうしようか、と考える顔になる。『三日月の爪』が物知らずなのも、ここまでの経緯で素材の管理が出来ない事も、昨日で分かっている。

だからと言って、いきなりぼったくりだと言われた事を素直に許して返してやるのも腹が立つ。

結局、店主はお人好しで、ガイウスの「よろしくな」という頼みを無碍《むげ》には出来ない人だった。

「あー、なんだ。後な、お前らのポーチを作った残りの素材とグリフォンの素材は俺が預かっておく。革は放置するとカビるから、何にするにもいいように加工しておいてやる。装備に不満ができたら来な、素材は預かってるもんで充分だ、きっちり直してやる」

「！　そうなのか。何から何まで本当にありがとう……！」

「……ぼ、ぼったくりって言って、悪かったわ……」

ハンナは、ガイウスにも、その肩を持つグルガンにもまだ思うところはあるが、店主の心遣いには申し訳なさそうに眉尻を下げて、彼女なりの精いっぱいの謝罪をした。

そうして『三日月の爪』がポーチを腰にさげて出て行った時、店主はカウンターに肘をついて独り言をつぶやく。

「ガイウスはなぁ……、いい奴なんだけどなぁ。周りも周りだが、あいつもあいつだな……」

所詮十九歳のガイウスは、三十代も半ばを超えた店主から見ればまだまだ子供のひよっこである。

どうして『三日月の爪』はガイウスを評価しなかったのか。割合素直な性質だと感じるので不思議で仕方が無いが、クビにしたのは取り返しがつかない。

ただ、『三日月の爪』はガイウスを失ったことで、少しずつ自分たちがどれだけ「足りて」なかったのかには気付き始めたようだ。ガイウスも、ガイウスに「足りて」なかったことに気付けばいいが、と思いながら、店主は別の仕事にとりかかろうと奥に引っ込んだ。

『三日月の爪』はそのまま冒険者ギルドへ向かった。まずは依頼を見せてもらい、四人で挑めそうなものがあれば受けるつもりだった。

が、冒険者ギルドに入った途端、中に居た冒険者が一斉に『三日月の爪』を見て、それから何かをひそひそと囁《ささや》き合っている。

冒険者ギルドには今の所迷惑はかけていないはずだが、顔馴染みの冒険者も視線を避けるようになっている。

残念ながら、ガイウスを追い出したパーティとして、かなり不興を買っているようだ。が、ガイウスは納得して出ていったし、自分たち四人もガイウスはクビにしよう、と話し合って決めたことだ。パーティメンバーの入れ替わりなんて珍しいことでもない。

一体何がそんなに不味いのか分からなかった。仕方無いので気にしないようにしながら窓口に行くと、ギルド職員は事務的な笑顔で「ご用件は？」といつも通りの対応である。

「えっと、S級の依頼を受けたいんだけど」

「『三日月の爪』の皆さんに現在ご紹介できる依頼はどの級の物もありません。依頼を受けるには研修を受けていただく必要があります。研修を受けられますか？」

「け、研修⁈」

「なんだ、それは」

「今更、何の研修を受けろっていうんですかぁ……？」

グルガンが驚き、ベンとリリーシアが不可解そうに首を傾げる。今までこんなことは言われた事が無い。

もともと四人パーティで冒険者登録をした時に初心者講習は受けている、と言ったが、ダメです受けてください、の一点張りだ。

『三日月の爪』は、何度目か分からない困った顔を見合わせることとなった。

本当に何もわかっていない様子の彼らに、受付嬢は溜息を吐いてから微笑んだまま説明を始めた。

「『三日月の爪』の皆様は最初四人パーティで登録、初心者講習を受けた記録があります。しかし、『品を持ち込むのではなく店の店主を品の方に引き連れて行き』『商品にならない冒険者の必需品を、善意で金を出すなら引き取るという申し出に対して断りを入れ』『謝礼も払わずお礼も言わない』という出来事をギルド側では確認しています。お店を営んでいる方がいて冒険者も生活が成り立つことはご存知かと思いますが、その態度のまま依頼を受けて納品の後に他のアイテムを取引する、などという事態は冒険者全体のイメージを下げます。他にも様々問題点が上がっておりますので、初心者講習で習うことを今一度しっかりと学び直していただき、最後はギルド側から派遣するサポーターとダンジョンを一つクリアしていただきます。そのサポーターの審査いかんで『三日月の爪』の級の見直し、ないしは、冒険者活動に相応しくないとなった場合は、冒険者登録の解除を行います。……以上、研修の理由と研修内容、研修後の対応ですが、何か疑問点はございますか？」

ギルドの受付嬢にとうとうと説明された内容と理由には心当たりがありすぎた。

確かに、あの時は気が動転して……いや、ガイウスと共に基礎的なことをしっかりと学んでさえいればこんなことにはならなかった。人として確かに驕った行動をした自覚もあるし、こうして並べられると納得するしかない。

店は店主にとって大事な場所だ。そこに訪ねてきた冒険者が物を売れなかったかもしれないし、欲しい素材が買えなかったかもしれない。それを曲げてついてきてくれたのに、確かに自分たちは謝礼もお礼も何一つせず、渡さず、目の前の自分たちの事で精一杯だった。

鍛冶屋の店主には金を払ったが、本来魔獣の素材は冒険者が処理をして持っていく物だ。それをやらずに、庭にあるから来てくれ！　と言った挙句に、金額に対してぼったくり、と罵った……。謝ったからといって、ぼったくりと言われた店側の風評被害は避けられないだろう。あの場に初心者冒険者がいたら、あの鍛冶屋を利用しなくなっていたかもしれない。

グルガンたちは、改めて心当たりがありすぎる今の評判に、自分たちの見識の狭さを認識した。

これでは、他の冒険者から煙たがられるのもわかる。そして、これを解決する最も早い方法はガイウスに「戻ってきてくれ」と頭を下げることだが……、辛うじて、本当に辛うじて、周りの冷たい視線と態度がそれを押しとどめた。

周りの冒険者たちには、何の代替案もなくガイウスをクビにしたのに、その後の全ての行動がまずかった事がすでに伝わっている。

当たり前だろう、店側の手落ちとなれば、何も悪くない店側の印象が悪くなる。

『三日月の爪』は喧嘩《けんか》している場合ではないと頷《うなず》きあい、ギルドの受付嬢に対して揃《そろ》って頭を下げた。

「研修、お願いします！」

「かしこまりました。明日の朝に冒険者ギルドにお越しください。必要ならば筆記具もお持ちくださいね」

こうして、『三日月の爪』は、あまりに軽い気持ちでガイウスを一方的にクビにする事を決めた考えの足りなさを実感して、一歩ずつ進むことになった。

評判が下がったのは、どう考えても自業自得だ。

そして、研修によってさらにその自業自得ぶりを思い知ることになる。

◇◇◇

「さて、ダンジョンに二人だと足りない物が多すぎるな。……使う気は無かったんだけど、さっそく出番がきちゃったな」

連携の練習をして、実際にミリアの戦闘能力も見ておかなければ指示も出せない。魔法もスキルも実戦の中でどのように扱うのかをできるだけ把握しておきたい。

その練習の分も含めると、食材もアイテムも足りなすぎる。ダンジョンに挑む前にも一度は準備しに向かわなければならないが、その前にも必要な物は山ほどある。

「なんですか？　その、……怪しいお面とフード」

「これは俺が、あー……出身地を出る時に魔導具の骨董市《こっとういち》で、貯めた金で買った物でね。単純に顔を隠すという品じゃなくて、……つけてみるのが早いか」

ガイウスがインベントリから取り出した顔の上半分を覆う仮面と、古ぼけたフードを被ると、ミリアの目の前にいるガイウスの姿が変化した。

背は低く、歳は曖昧になり、なんだかだらしない体型に見える。それでいて、どこにでもいる人間のように見える。

「変わった？」

声までしゃがれ声になっている。

「ガ、ガイウスさんですよね？」

「そう。まぁ、なんというか……認識を歪《ゆが》ませるのがこのフードで、存在感を薄くするのがこの仮面。アイテムの見た目は派手だけど役に立つ。といってもこの二年位は使ってなかったんだけど」

骨董市、とミリアには言ったが本当は闇市で仕入れた物だ。孤児院から逃げ出すために。

十三歳を過ぎてから、孤児院での役割が変わった。

それまで暮らしていた棟から奥の棟に移され、身綺麗《みぎれい》にされて、文字の読み書きから計算、教養といった授業を受ける。食事も上等な物が出てきて、テーブルマナーも教わった。

同年代が集められ、気づくと年かさの子から一人ずついなくなっている。それが二年も続いた。

ウォーレンはよく一人で出かけていたが、その後子どもを連れて出て行く。そして、一人で帰ってくる。

意味するところを察した時には、ウォーレンがいない隙に金を盗んで夜中の街に逃げ出していた。

――アンブレラの子どもは、奴隷として売られていく。

それは、絶対に嫌だった。

【アイテム師】としての職を辞める気がないのも、自分のできる事を減らしたく無い、という気持ちが一番強い。

やっと一般人として他人との付き合い方を学び、楽しく冒険者としてパーティに所属して……メンバー揃って辞めて欲しいという意思が固まっていたのは、少し悲しくはあったが。

しかし、なんだかんだ王都の近くを離れられなかったのも、ミリアと出会ったのも、その間に成してきた事の結果だと思うと、何も無駄だったとは思わない。クビになった事もだ。

「ダンジョン攻略に必要な物を買いに行ってく……いや、その、ミリア。よければ一緒にいかないか?」

「!　はい!　ご一緒します!」

シュクルには多めに餌をやって、敷いていた針葉樹の葉の汚れたところを取り除いてキャンプのまわりに撒《ま》いておく。

こうしておけば、このあたりの森の魔獣はシュクルの匂いを警戒して寄って来なくなる。半日空ける位ならば問題ない。

声を掛けることを諦めていたと気づいたガイウスは、ミリアとのダンジョン攻略に向けて、少しだけ意識を変えていこうと思っていた。

……後をよろしくと頼んだ手前、『三日月の爪』と顔を合わせるのも辛いし、堂々と王都に戻る程の度胸も無かったが。

第四話　まるでそれは児戯の如く

翌朝、『三日月の爪』はドラコニクスの世話をした後に、朝飯を食べて早めに拠点を出た。

ドラコニクスの様子が最近おかしい。よく後ろ脚で地面を蹴るようになり、餌の減りが少なく、神経質に鳴いている。

一応の世話はしているし、グルガンたちを蹴ったり威嚇したりするような真似は無いので放っておいているが、尋常じゃない様子なのは確かだ。

新しいアイテムポーチには必要な初級〜上級までの回復薬や、素材屋の店主に言われた焚《た》き付け用の魔獣の皮、他にも昨日のうちに道具屋で買った火付け石（安価な魔石）やら解体用ナイフやら、筆記用具やらといった必要な物を入れて『三日月の爪』はギルドに赴いた。

残りのアイテムは、以前使っていたアイテムポーチにしまってある。

初心者講習に必要な物は用意されているだろうが、自分たちは曲がりなりにも経験者だ。S級まで上り詰めたという自負もある。今はそもそも冒険者でいられるかどうかの瀬戸際ではあるけれど。

冒険者ギルドが開くのと同時に中に入り、受付嬢の元に四人揃《そろ》って顔を出した。

「研修を受けに来ました」

「よろしくお願いするわ」

グルガンとハンナの言葉に、リリーシアとベンも生真面目な顔で頷《うなず》く。ギスギスした雰囲気はどこかに消え、一応は全員心を改めてここに立っている。

「はい、うけたまわりました。二階へどうぞ。会議室で講師がお待ちです。午前は座学、午後はギルド裏の演習場での実技訓練となります」

「はい！　よし、行こう」

グルガンが促し、全員でカウンター横の階段を上がった。ギルドの受付嬢は、その足音が遠ざかる頃、少しだけ困ったようにため息を吐いた。

「ガイウスさんがどれだけ皆さんを甘やかしていたのか……、いえ、大人なのに甘えていたのもおかしい話です。本当……追い出さなければ平穏だったでしょうに」

彼女もまた、鍛冶屋の店主と同じようにほろ苦く笑って、自分の本来の職務に取り掛かった。

『三日月の爪』に対しては、大人なのだから自分の責任を自分で果たす、そのための知識を得る機会はいくらでもあった、とも思っている。だが、それをガイウスがことごとく潰してしまっていたのもまた事実だとも思う。

どちらも困った人たちだが、それでもうまくやっていたのだから不思議なものだ、と、階段を上っていく四つの足音を聞きながら、受付嬢は書類に目を向けた。

「失礼します」

会議室のドアをノックして開けたそこにいたのは、腰の曲がった老人だった。杖《つえ》もついている。

「ひよっこ共、よく来たな。講師のバリアンじゃ、さっさと席に着きなさい」

午前中の座学はこの老人が担当なのか、と思いながら全員最前列に並んで座った。

わざわざ遠ざかる必要はない。今日は学びに来たのだから。

「うんうん。そういう姿勢は大事じゃな。お前らのいい所は言われれば理解する素直な所じゃ。悪い所は、素直すぎて甘えて忘れる所じゃの」

「はは……」

早速の指摘には、力のない笑いを返すしかない。言われた通りだからだ。

が、その笑いをバリアンは許さなかった。

「笑い事じゃ無いわい。大型魔獣の死骸を素材にせずに町中で腐らせておったら、悪臭から腐敗による疫病にまで進展する。それに、魔獣の弱った臭いはより強い魔獣を呼び寄せる。――今回は鍛治屋のがやってくれたようじゃが、冒険者は殺した魔獣の処理をする義務がある。まずはそこから叩《たた》き込んで行くぞぃ」

「はい！」

「了解した」

「がんばりますぅ……！」

「……やるわ」

「うんうん。素直でよろしい。変なプライドが無いのはいい事じゃ。ではまず、基本の魔獣の性質から話していくぞぃ。本来なら一度習ってることじゃが、忘れているという事を念頭においてメモをとるように」

こうして、バリアンによる初心者講習が始まった。

◇◇◇

「いらっしゃい。お、ミリアじゃないか。パーティ抜けたんだってな、新しい相棒かい？」

「はい、一緒にダンジョンに行ってくださる先輩です」

「よろしく……」

気不味い。というのがガイウスの心情だ。数日前に『三日月の爪』をよろしくしてやってくれ、と言って出たばかりの馴染《なじ》みの道具屋。やはり品揃《しなぞろ》えといい何といい一番だと思っているから避けられなかった。

愛想を悪くしながらも、ダンジョン攻略……Ｂ級特殊個体という事で、【僧侶】や【盾士】が居ない分、余分すぎるくらいのアイテムが必要だった。

回復薬、状態異常回復の薬を数種類、それからアンデッドの可能性を考えて聖魔法のスクロールと呪いを回復する聖水、保存食、大きい物だと簡易テントに厚手の毛布など、店にあるものを慣れた調子でカウンターに次々のせていく。ミリアはついていけずに入り口で茫然《ぼうぜん》としていた。

店主は迷い無い品選びに怪しい男が誰だかを察して、ツカツカと近寄ると後ろ頭をひっぱたいた。

「ガイウス！　お前は恥ずかしい事して出て行った訳じゃねえんだから堂々としろ！　あとミリアを置いてけぼりにしているぞ！」

気不味《きまず》さからさっさと買い物を済ませようとしてしまったガイウスは、店主の一声でミリアに目を向けた。

自分はさっそく何をやっているんだ、と驚いたような顔で思い直すと、姿勢を正してミリアと店主に頭を下げる。

「あっ……、バレたか。悪い、おやっさん。あと、ミリアもごめん。何を買うか、何に使うか説明するから一緒に見てくれる？」

観念して店の中だけフードをおろし、仮面を外したガイウスは、またやってしまった、と情けなく笑った。これではせっかくミリアと買い物に来たのに意味がない。

ミリアはガイウスが自分で変わろうとしているのに気付いていたので、何も言わなかった。道具屋の店主にお礼に頭を下げると、ガイウスの言葉にはこくこくと頷いて近付いていく。

他にも棚からまだ選ぶ商品があり、ミリアは分からないものは質問して、ガイウスが説明するのを繰り返した。

（なんだか……こうやって、一緒に買い物するのは、いいな）

確かに一人で予測を立てて買い出しをするのは速い。しかし、一人がわかっていればいいわけではないらしい。

アイテムは自分も仲間も使う物だ。仲間の欲しいものも聞いて、必要だと思う理由を説明して、一緒に選ぶ。金には困ってないけれど、無駄に浪費する必要はない。

たった二人で補給の利かないダンジョンに潜るのだ。その前段階の練習や、ダンジョンもB級とはいえ、必要な物は結局カウンターに山になる程だった。

「おやっさん、頼むよ。これだけ一気に買うから『少しだけマケてくれないか』？」

「っかぁ、『交渉術』を使うな使うな！　分かってるよ、店の中空っぽにされそうな勢いだからな。少しだけマケてやる。……全部で金貨六枚ってところだが、五枚でいい。ただし！　また来いよ、ガイウス」

　約束分で相当量のおまけだ。道具屋で扱っている消耗品がメインとはいえ、本当に棚を空にする勢いだったのだから、そもそもがもっと高いだろうに。

「……その条件はずるいな。ダンジョンを攻略した後はどうするか決めてない。できない約束はしない主義なんだ。だから、金貨五枚と銀貨八十枚。これで勘弁してくれ」

　カウンターの空いた場所にインベントリから取り出した金を置くと、道具屋のおやっさんは苦笑いをして鼻を鳴らした。

「はっ、本当、お前は頑固だよなぁ……。仕方ねぇ、それでいい。もっていきな」

「恩に着るよ。……よし、行こうか、ミリア」

「はい！　あ、おじさん！　私はまた来るかもしれませんから！」

「はいよ、また待ってるぜ、二人ともな！」

　こんなやりとりを、他にも鍛冶屋と（店主には憐《あわ》れむような目で見られた後、ミリアとのやりとりを見てニヤニヤされた）、素材屋（素材の使い道くらい説明していけ、とお小言を言われた）、そして最後に王宮に顔を出した。

　騎獣は王宮で買うのだ。普通の店では魔獣を取り扱えない。

シュクルは一人乗りだから、ミリアのドラコニクスが必要だ。

厩舎《きゅうしゃ》近くに窓口があり、そこで餌も買えるし水樽《みずだる》も売っている。

顔馴染みなので、窓口に近づいたガイウスはまたフードと仮面を外した。

「おい、ガイウスじゃねぇか！　大変だぞ！」

「な、なんだよ藪《やぶ》から棒に……何が大変だって？」

ドラコニクスの厩番《うまやばん》は、城内でまことしやかに囁《ささや》かれている噂《うわさ》……といっても、真実なのだが、それを話した。

「今『三日月の爪』を鍛えに、お前の師匠がギルドに行ってる」

「はぁ?!」

ガイウスは、久しぶりに聞いた師匠という言葉に、段々と、本気で、元パーティが不憫《ふびん》になってきた。

◇◇◇

「以上で座学は終わりじゃ。一時間後に演習場で簡単な戦闘訓練から、素材の剝ぎ方、魔獣の処理の仕方の実践をするぞぃ。昼飯は程々にして座学の復習をしておくようにの」

「はい！」

言われてグルガンたちは、陛下の冒険者ギルド備え付けの食堂ではなく、近くの食堂に向かった。冒険者たちから、まじめに研修を受けている『三日月の爪』を観察しているような視線を送られたからだ。緊張しすぎて腹ごしらえが進まなさそうである。

まだ、ここに交ざるには自分たちは足りていない、という判断で外に出て食事にする。

飯屋は飯屋で、金を払ってくれるならちゃんと仕事はする。ただ、店主を自宅に呼びつける、という真似はそれ程非常識で驕《おご》った行為だと思い知るには充分なほど、無愛想だったが。

それを反省して苦笑しつつも、飯屋では美味しいランチセットが出てきた。美味しく昼食を食べて、飲み物を飲みながら座学の復習をし、時間より前に演習場に入った。

バリアンは先に待っていて、何か大きな檻《おり》に布を被せた物の前に座っていた。

時間より早く戻ってきた『三日月の爪』の態度を、いいことじゃ、と褒めてから実技訓練に入った。

働きすぎを褒めるような風習はこの土地には無いが、自分たちが自業自得で足りない分を補うのなら、前のめりの姿勢でちょうどいい、というのがバリアンの気持ちでもある。

「今から捕獲してある魔獣を放つ。連携が厄介じゃが、お前らの戦闘力で苦戦するような魔獣じゃあない。午前の座学の内容は魔獣を倒してからが本番じゃから、まずは目の前の敵に集中するように。――はじめ！」

「おう！」

「下がるわよリリー」

「引き付けは俺に任せろ」

出てきたのはフォレストウルフという中型の魔獣だ。

レベル帯でいえばまったく苦戦しない強さだが、連携を崩されると戦況が変わる。

最初はこの四人でパーティを組んでいたのだし、これまでも連携に苦労することは無かった。

しかし、彼らは忘却を痛感することになる。

【アイテム師】としてのガイウスがどんな役割を果たしていたのかを。

それを、当たり前に享受していたのだと……、せめて他のサポーターの目星をつけてから辞めさせるべきだったことを。

ベンのスキル『挑発』で大部分のフォレストウルフがベンを狙って囲み始める。その隙に後方に下がったハンナとリリーシアが、ハンナは攻撃魔法を、リリーシアはまずベンへの支援魔法を唱えた。

ベンに目がいっているフォレストウルフを【パラディン】のグルガンが端から斬り捨てる。しかし、ここでハンナが狙っていたのも端の個体だった。

「あっ、馬鹿！　よけて！」

「えっ?!」

ちょうど詠唱が終わって放たれた炎の矢はグルガンを正確に直撃する。ベンへの支援魔法を優先したせいで、リリーシアの防御魔法がグルガンに間に合っていない。

派手に焦げたが、装備もよく体力もあったのでとにかくポーチから取り出した中級回復薬でグルガンは回復する。が、その瓶を持つ手に、『挑発』で仲間を殺された分ヘイトを溜《た》めた身近なフォレストウルフが噛《か》み付いた。

グルガンがフォレストウルフの胴を斬り払って倒している間に、リリーシアからの支援を受けたベンが敵陣に盾を使って『シールドバッシュ』というスキルで跳ね飛ばすように攻撃を仕掛ける。

が、これも失敗だ。

「ベン、下がって！　あぁもう、なんで範囲からふきとばすのよ！」

単体を狙うのではなく『挑発』で距離を詰めてきていた所を範囲攻撃魔法で狙ったハンナがヒステリックに叫ぶ。結局、五体狙った範囲攻撃魔法は二体を焼き尽くして消えた。

吹き飛ばされた三体のフォレストウルフは辛うじてまだ起き上がれる。

リリーシアはすかさず動きの鈍ったフォレストウルフに速度減少の魔法をかけたが、敵はそこにだけいる訳ではない。

ベンの『挑発』に対して、後からグルガンとハンナの攻撃が入ったため、後衛を狙いに来た二体のフォレストウルフがいた。

ハンナが辛うじて詠唱の要らない魔力弾で弾くが、詠唱が無い魔法は大した威力にはならない。

リリーシアも防御魔法の詠唱に入ったが、その前に後衛二人にフォレストウルフがそれぞれ一体ずつ飛びかかろうとした。

「きゃあ⁈」

「や、やばっ……！」

弱った三体にとどめを刺しに行ったグルガンとベンが、悲鳴に引き返そうかと一瞬気を引かれてしまう。

が、ハンナとリリーシアに飛び掛かったフォレストウルフはバリアンが杖で頭を潰して倒した。

即座に速度減少状態の魔獣にとどめを刺して、グルガンとベンが戻ってくる。

全員、愕然《がくぜん》とした。全く連携がとれずに、こうまで足を引っ張りあった事に。

こんな経験は……ここ二年はしていない。はずだ。もう、自分たちの記憶は頼りにならないことだけしか分からない。

「うんうん。連携は最悪じゃな。とりあえず全部倒したから、攻撃力やどの魔法を使うかの選択、魔法の威力は合格じゃが、連携とれんでお前ら、依頼に行ったら死ぬぞぃ」

「……まさか？」

「おおかた、ガイウスが甘やかしすぎたんじゃろ。暫くは近くの草原やらここで連携の練習じゃな。……全く、世話かけよってからに……ほれ！　魔獣の死骸を放置するな！　座学で教えたじゃろが！」

意味深長に呟《つぶや》いた後のバリアンの叱責に、彼らは魔獣の皮を剝ぎ、取れる素材は取って解体し、座学で習った通り穴を掘って死体を入れ、炎で燃やしてから埋めた。

◇◇◇

「な、何で師匠？　ギルドにだって講師はいるだろ？」

「バリアン老師が自分で言い出したそうだ。あのバカの尻拭いならワシが行かんとな、と」

バレている。

いや、まさかとは思ったのだ。

しかし、ミリアに聞いた話では本当に非常識なことを『三日月の爪』は繰り返していたから話が耳に入るのは仕方がない。

あの場に置いてきたけれど、王宮に卸せない魔獣も素材に解体すればアイテムポーチにだって入る。保存方法がない場合は、冒険者ギルドで解体済みの素材を預かりもしてくれる。

拠点の庭は広いのでそのまま死体を置いてきたが、使い物にならない魔獣の肉（大型魔獣の肉は臭くて硬い）は、バラして町の外で穴を掘って燃やして埋める。それが、一応、一般常識だ。倒したその場で解体して処理をするのが一番だが、ガイウス一人でそれをやっていたので、行くぞ、と言われてしまってそのまま死体をインベントリにしまっておいたのがまずかった。

その尻拭いをまさか鍛冶屋を呼びつけて解体させ、後処理もさせて……そんな噂が王宮に届かないはずもなく……ガイウスが抜けたから、という話と一緒に届いてしまったのなら、師匠が出張るのも仕方がないだろう。

これはまずい、と思ったガイウスは、厩番に連れが乗るドラコニクスとその餌が欲しい、と言って話を切り上げた。師匠に見つかったら雷を落とされる。

孤児院から逃げ出し、王都で最初に叱りつけたのが師匠だ。他人の領分を侵すな、と。

『三日月の爪』に居た時にやってしまっていた、という反省はしたが、それはそれとして顔を合わせたらまずい事になるのは違いない。ドラコニクスを買って、早く町を離れたい。

「そりゃあいいんだけどよ……、最近ちょっと様子がおかしいんだ。よく遠吠《とおぼ》えしてる。ガイウスに任せておけば大丈夫だろうが、鞍《くら》をのせるなら町の外まで出た後がいいだろうな」

「分かった。ありがとう」

「選んでいきな。ソイツの好みの餌を出してやる」

言われてガイウスとミリアは厩舎の中に入った。

騎獣用の魔獣が並んでいる巨大な厩舎の中で、奥まったところにいるドラコニクスを目指して歩いていると、ミリアが声を掛けてきた。

「あの、ガイウスさんの師匠って……？」

「ん？　あぁ、王宮主催の大討伐戦が年四回あるだろう。その時のサポーターのまとめ役の老師なんだけど……俺が【アイテム師】になってすぐ、仕事としてギルドで大討伐戦の雑用係を募集してたからついて行って……まぁ、色々とお世話になった人だよ」

「すごい方に師事されてたんですね……！」

「うん……、あ、ほらミリア。ドラコニクスだ。目を見て気が合いそうなやつを選んでくれ」

言葉尻を濁し、ついでに話を逸らしたガイウスは、ミリアがドラコニクスを選んでいる最中も落ち着かなかった。

師匠の慧眼《けいがん》は凄まじい。ちょっとしたサポーターのミスが、戦列を崩すことがあるから仕方がないのかもしれないけれど。

戦闘面に関して、ガイウスは領分を侵してはこなかったと思う。だが、抜けたばかりの今、ガイウスが想像していたのと違って、他にサポーターや雑用係を雇う予定も無いまま指導を受けているとしたら……。

そわそわとせずには居られない。

あまり、痛い目に遭ってないといいけれど、と今度は心配までし始めながらも、ミリアがドラコニクスを決めると一旦その考えは奥の方にしまっておいた。

◇◇◇

「親睦を深める為にも今日からここに世話になるぞぃ。よろしくな」

「は、はい……」

手荷物もなく『三日月の爪』の拠点にやってきたバリアンを出迎えて、グルガンたちはそれを追い返すこともできずにただ迎え入れるしかなかった。

「ガイウスの部屋が空いとるじゃろ。そこを使うから気にせんでえぇ。ほれ、飯と酒も買い込んできたぞぃ、飯はまだじゃろ？」

「えぇ、あの、はい、まだです」

ずかずかと上がり込むバリアンに頷く以外の反応が出来ないまま、全員で連携について話し合っていたリビングに乗り込まれたが、バリアンの方が驚いて目を見開いた。

まさか真面目に復習しているとは思わなかったのだ。

感心、感心、と顔の皺《しわ》をもっと深くして、バリアンはリビングのソファの空いた場所に腰掛ける。

テーブルの上が空くのを待って、酒やら料理やらをインベントリから取り出して所狭しと並べた。

強制的に中断された作戦会議だが、バリアンには目的があった。

あの連携の取れてなさはある意味では異常といえる。サポーターはあくまでサポーターであり、本来C級の魔獣のフォレストウルフにS級まで上がったこのパーティが「サポーターが抜けた程度で」苦戦する理由はない。言ってしまえばゴリ押しで勝てる。

「まぁ呑《の》め呑め、食え食え。戦闘のことなら明日からしっかり教えてやる」

「いただきますぅ……！」

「かたじけない」

「そろそろ頭使うのも疲れたしね」

「バリアン先生、何から何まですいません」

そうして酒と料理、バリアンの「今日のよかった所」の褒め言葉に気を良くして彼らが程々に酔っ払ったところで、バリアンはずっと聞かねばならないと思っていた事を聞いた。酔ったフリをしてだ。

醒められては堪らない、せっかくの準備が無駄になる。

「ヒック、それで？　なんでガイウスをクビにしたんじゃぁ？」

質問に、瓶でラッパ飲みしていたグルガンが、テーブルに瓶を叩きつける勢いで置いて、すわった目と赤い顔で答える。

「正直邪魔でした！　それだけです！　な、ハンナ？」

「そーなのよねぇ……、あ、バリアン先生？　私とグルガン、ベンとリリーシアは恋人同士なの。ラブラブなの。それでまぁ、ね？　野営の火の番とか一人でしてくれるのはよかったけどぉ、カップル二組と同じ屋根の下で、独り者の男が寝起きしてんのよ。じゃ～ま～！」

「ひっく……、それに、野営の時も、その、聞き耳たてられてるんじゃないかって……、なんかいやでしたし……んん、ベンさん」

「【アイテム師】を馬鹿にする気は無かったが、邪魔、と言われて追い出されるより、庇《かば》いきれない、の方がまだマシだと思ったから、そう言って別れた。もちろん退職金も払ったし円満に……なのに、拠点いっぱいになる程アイテムを溜め込んでるなら溜め込んでるで、アイツ、言って行ってもよかったんじゃないか？」

同じく瓶でエールを呷《あお》るベンは、一見酔ってないように見えながらも饒舌《じょうぜつ》になっている。リリーシアは酔っ払ってベンにべったりと甘え、グルガンは怒りさえ滲《にじ》ませ、ハンナは邪魔邪魔と連呼する。

バリアンは日中見直した『三日月の爪』の評価を、百八十度反対までひっくり返して見損なった。

パーティは遊び仲間じゃない。脱退するのが【アイテム師】だというのに、拠点いっぱいにアイテムが溢《あふ》れる事すら自分たちで把握していない。さらに、引き継ぎにもついて来なかったと聞いている。

それに、この屋敷に入る前に気付いていた。ドラコニクスたちがストレスを溜めている。世話はしているようだが、ガイウス程気を回してはいないのだろう。

好みの餌がある、というのは買う時に説明される事だが、大方ガイウスに任せている間に忘れたと思われる。

……しかしまぁ、愛弟子が恋愛沙汰で邪魔と言われて追い出されたと思うと、なんとも言えない気持ちになる。サポーターは戦闘のメイン火力にはなり得ない。そのかわり、後方から完全な援護をすることに誇りを持っている。

少しばかり、弟子に会ったら落とす雷を忖度《そんたく》してやろうとバリアンは思った。

「で、その邪～魔～なガイウスに、ヒック、お前さんら、何を任せとったんじゃ～？　邪魔だったからには、ガイウスがおらんでもやっていく目処はあったんじゃろう？」

「えっとぉ、ドラコニクスの世話にご飯の用意、野営の用意とアイテム回収、回復薬の分配と管理に、買い出しと～掃除と～、洗濯と～、あはは！　あとあれだわ、魔獣の処理！」

ハンナが甲高い笑い声と共にあげつらったのは、生活に必要なほとんどである。

ここではあがらなかったが、パーティ運営費用の管理とギルド提出書類、様々な買い取りに必要な書類に、ダンジョンの報告書の作成もガイウスが行っていた。もうそこまでは、ハンナたちは存在すら知らないらしい。

「仕事が遅いから大型魔獣の時には行くぞ、と態々《わざわざ》声を掛けていた。皆戦闘が終わって疲れているのに、その場で解体だなんて気が利かない」

安全を確保したらその場で解体は冒険者のセオリーだ。処理の際に出た血や肉の臭いをなるべく動かさないというのも、狩場を荒らさないための措置である。

「それをぉ、まさか庭に死体のまま放置していきますぅ……？　空いた時間に解体してくれればいいのにぃ……」

むしろ自分も含めて五人分の生活の面倒を見ている人間に、空いた時間が存在したのかが怪しいところだ。

「ほんっと、アイツは邪魔な上に気が利かない！　雑用位しかできないくせに！　初級職でＳ級まで上がれたのは俺たちのお陰だろうが！」

「大体っ！　ガイウスが抜けたからって町の人たちの当たりキツすぎない?!　素材だって死体だって、アイテムだって、【アイテム師】なんだからなんとかしてけっての！」

「そうですよぉ！　そのせいで、今私たちすっごく肩身の狭い思いをしてるじゃないですかぁ！　酷いですよね？　ねっ、ベンさん？」

「全くだ。商品の引き取りや素材の解体、レアドロップの処理だってサポーターや店の仕事の一つだろうに、いちいち俺たちが怒られる。【アイテム師】なのにその辺の処理が甘い」

「俺たちは俺たちの仕事をしてたのに、サボりやがって……」

バリアンはほとほと呆《あき》れていた。

酒が入れば緊張も解ける。何かしらガイウスが悪いところ、何か領分に踏み込んだ真似をして不快にさせていたのかと思ったが、殆《ほとん》どの面倒ごとを押しつけて「雑用位しかできないくせに」と言い、そして痛い目を見ただろう今でさえ、心の中にはこんな不満が燻《くすぶ》っていた。領分に踏み込んだ件については、正直踏み込みすぎている。生きる事の全てを依存させてしまっていた。

果たしてどっちのおかげでS級まであがれたんだかな、と思いながらグルガンたちへの評価を最低まで下げたバリアンだったが、そうかそうか！　と気を悪くさせないように、延々と出てくるガイウスへの的外れな愚痴を、前後不覚になるまで呑ませて全て聞いておく。

ガイウスに会ったら雷を落とすつもりだったが手加減してやらんとなと思い直すと同時に、この腐り切ったパーティの性根を叩き直す決意を新たにした。

◇◇◇

「部屋が二つ取れてよかったよ。厩舎も空いていたし、いい子を引き取ったな。名前は決めたのか？」

「はい、ルーファスにしようかと。男の子ですし、賢い子になってほしくて」

【賢者】ルーファスは、この国の人間ならば小さい頃に一度は寝物語に聞く物語に出てくる英雄だ。その名前をつけられる子供はそれなりにいる。

「世話を怠らなければ、頼もしい味方になってくれるよ。……じゃあ、おやすみミリア」

「おやすみなさい、ガイウスさん」

町を出るには遅くなり、冒険者用の宿屋を取ってガイウスたちは一晩泊まることにした。

シュクルが少し心配だが、餌はたっぷり置いてきたし、野営中の見張りはシュクルとガイウスが協力してやっていた。あの付近にシュクルより強い魔獣もいない。朝一番で戻って誉めてやらなきゃいけないな、とガイウスはシュクルのことを考えながら寝支度を整える。

別々の部屋に引っ込んだガイウスとミリアは、それぞれ寛いでベッドに横になった。

しかしガイウスは、朝も早いし早く寝なければと思うのだが、なんだか町中で遠吠えしているドラコニクスの声が多いように感じて落ち着かず眠れなかった。

一旦解いた装備を着込んで、外に出る身支度を整える。

いやいや、まさかな、とガイウスは悪い予感を振り払おうとしたが、やはり遠吠えしている数が多い。声の調子から、神経質な鳴き声だと感じ取る。

さすがにドラコニクスの世話をサボったり、好みじゃない餌を適当にあげていたり、ドラコニクスの汚した藁《わら》を燃やして埋めていないなんて事はない、と思いたかった。すぐにでも王宮に駆け込んで世話の仕方を……聞いているなら、今日厩舎に寄った時に厩番が教えてくれたはずである。

してない、と確信したガイウスはいよいよ我慢できずに、ブーツを履いた。

ドラコニクスはストレスが溜まると排泄物《はいせつぶつ》の臭いが強くなる。

他の魔獣を寄せ付けないようにするための防御反応だ。

ただ、ドラコニクスは竜種であり魔獣の中では上位種に入るが、騎獣になるくらいだから竜種の中でも下の方である。

その排泄物や臭いの残った藁を放っておくと、ドラコニクスを食べる飛竜がやってきたりする。

飛竜は大抵が災害と区分される類の大型魔獣だ。

飼い慣らされたドラコニクスは、拠点を移したり、転々と旅をする野生の群れとは違う。餌にされそうな危険があるのに、逃げるという本能は少しばかり退化している。

ただ、世話を疎かにされた結果、訪れるだろう命の危機は感じている。

だからドラコニクスの世話をサボると暴れ出してどこかに消えてしまうのだ。

ガイウスは心配になりながらも、まぁもう抜けたパーティの話だ、とは思いつつ、町に飛竜が現れる可能性を拭いきれなくて進む足を速めた。

……仕方がない。ここまで近くに来たのだから。

フードと仮面を被り、そっと宿屋を抜け出して、『三日月の爪』の拠点へと向かった。

ドラコニクスが、町が、心配だった。

自分の生まれた村が、故郷が、魔獣に襲われて更地になったような事態は、もう二度と自分の身近で起きてほしくない。まして、その原因の一端が自分にあるのなら。

その一心で深夜、人の少なくなった王都を駆けて、『三日月の爪』の拠点にそっと侵入した。

一階の明かりがついているので、こっそりとドラコニクスの厩舎に近づく。そこに居た人の気配には、声を掛けられるまで気付かなかった。

「こんな夜中に侵入者とはの」

「……お久しぶりです、師匠」

夜中の『三日月の爪』の拠点にそっと忍び込んだガイウスに、全く酔っていないバリアンが声をかけた。

酩酊《めいてい》状態になるほど酒に弱くない、というのもあるが、あらかじめ酔い止めをギリギリまで服用していたのもある。

今日の目的はグルガンたちがガイウスへ向けた本来の不満を聞くことだ。

ガイウスに落ち度があったのならバリアンが何とかしてやろうと思っていたのだが、これはこれで予想外に「冒険者として全くだめ」な答えが聞き出せてしまい少々頭が痛かった。

「本当じゃったらお主に雷を落とす所なんじゃが……ダメじゃな、完全にお主に依存しきっていた。なのに、気付いていない」

「……俺が、声を掛けるのを、諦めたので」

ガイウスは他人の領分に踏み込んでしまうほど、己のあらゆる技術の習熟に熱意があり、それでいながら出会った頃は若さもあって、本業の仕事を奪ってはいい気になっていた。

それを徹底的に叩き直したのがバリアンだ。

他人の領分に簡単に踏み込んではいけない。自分の領分は極めすぎることは無いから徹底的にやれ。ただし、どんな時でも他人は尊重するように。

ガイウスはそれを遵守した。ただ、本当ならば飯の支度や騎獣の世話、拠点の掃除、野営の設営から見張り、買い出し、そういった所は「協力」すべきだった。それをバリアンから学んだはずが、声を掛けるのを諦めてしまった。

自覚しているので、ガイウスの方は特に『三日月の爪』を恨んではいない。

バリアンも、わざとこの状態におちいらせた訳ではないと分かったので、溜息《ためいき》一つで済ませて雷

は落とさないことにした。

「ま、もう少しぶつかってもよかったとは思うがの」

「それは……そうですね。俺が、悪かったです。クビにされた時には……、覆らないと悟った瞬間に、諦めて、もう未練も無かったので。後は自分たちで出来るという算段があったものだと」

「何にも考えておらんかったよ。――まぁそっちは、ワシが鍛え直すから気にせんでえぇ」

「……尻拭い、お世話かけます」

孤児だったこともあってか、居場所から逃げ出した経験からか、ガイウスの場所や他人への執着は非常に薄い。

それでも二年間パーティを組むくらいには、ガイウスは『三日月の爪』を気に入っていた。

それもあって、何故ガイウスが抜けたのかがバリアンは気にかかった。クビにされた、と喧伝《けんでん》するような弟子ではない。が、一度線を引くとなれば、それまでのように一から十まで面倒を見てやる気はないというのもガイウスだ。

町中の『三日月の爪』の評判の悪さはすぐに王宮にも届いた。

大討伐戦。年四回行われる災害級の魔獣を主目的とした討伐戦は、王宮の騎士団と有志の冒険者による連合部隊で行われる。

『三日月の爪』はS級に上がったのだから、当然動きがあれば報告が入る。しかし、昇級した途端にバリアンの弟子が脱退し、その後悪い噂が流れ始めた。

ガイウスの性質から嫌がらせをするような真似はしないはずだと踏んだバリアンが詳細を調べる

と、なんとまぁ自業自得と言われても仕方がない所業の数々が報告であがってきた。

結果的に、冒険者としての初心を忘れて基礎的なことができなくなった『三日月の爪』が、迷惑をかけて回ったからこその研修だ。

冒険者は力だけあればいいというものではない。それではならず者と一緒だ。

そして、やらかした事が見事にならず者のやる事であり、他人を尊重する事まで忘れてしまっている。

現状は、力だけがついてしまった、というパーティになってしまっているのだ。それは仲間同士の連携の取れてなさでも証明されたところだ。

表面上は反省できても、二年の間に染み付いたその性根は、酒に酔ってしまえばあっけなく剝がれるメッキのようなもの。

自分たちがどれだけ真面目にやろうと思っていても、悪者にならないように保身をしてガイウスに理由をかぶせて穏当に辞めさせた狡《ずる》さを正当化していることを、未だに恥じていない。

二年間を共にした……だけでなく、生活の殆どの面倒を見てもらっていたのに……相手を、恋人同士の生活の邪魔だからと追い出すあたり、少々世間知らずと恩知らずが過ぎている。

たった今バリアンが知った事をガイウスは知らない。それを知らせて傷付けるのもよろしくない。

雷を落とさない代わりに、背中を軽く叩いてやる。こちらはこちらで、ある意味世間知らずなのには変わりない。

「さて、ドラコニクスの遠吠えが気になったのか」

「はい。王宮のものですが、王都のあらゆるところから遠吠えが聞こえてきて……数日前に出た時にはそんな様子は無かったので……心当たりが、ここしか」

「騎獣の世話の仕方や特性まで忘れているあたり……お主も甘過ぎたのは本当に、重々反省せぇよ」

「すみません」

不法侵入は良くない事だが、ガイウスはどうしても気にかかる。

ミリアから聞いた噂が本当なら、気に掛けていたドラコニクスの事……そして、それによる人災が起こる可能性も否定できない。

飛竜の町中への襲来。

ドラコニクスに普段は興味を示さなくとも、弱った餌となる魔獣の匂いを嗅ぎつければ別だ。竜種は竜種同士で食い合いもする。より強い力をつけるために。

冒険者の拠点がここには集まっている。飛竜でも倒せなくはないだろうが、それまでの間に甚大な被害が出る。

想像力が足りなかったと言うならば、ガイウスにも責任はあるだろう。

しかし誰が、自分の騎獣の世話が出来ないだとか、店主を呼びつけるだとか、回復薬の使い方を知らないだとか、クビを宣告された時点で思うだろうか。

「しかし、お主は声を掛けた、それを聞かなかった。だから、諦めたんじゃないんかの」

「まぁ、そうなんですけど……。あ、やっぱりか……はぁ」

厩舎の側にバリアンは立っていた。そこに徐々に近付いたガイウスは、ひどい悪臭を放つ藁山に顔を顰《しか》めた。

というか厩舎にこんな臭いが漂っていたら、何も知らなくとも嫌でも燃やして埋めたりしないか？　と、思ったものの、今の『三日月の爪』に何かを期待してはいけないのだと、改めて思い知る。

全て間違っていたのだろう。

胸ぐらを摑《つか》み、緊張感の無い野営のテントを蹴り倒し、どんな言い訳や非難を浴びても、ガイウスが『三日月の爪』に自分のことは自分でやらせなければいけなかったのかもしれない。

「協力」とは、「共同体」とは、本当に難しい。

ミリアとしたように買い物をし、声を掛け続けなければいけなかった。

今後はミリアにも、ガイウスに慣れさせてはいけない。

自分が先にやってはいけない。少しずつ、他人との接し方に慣れていかなければいけないとガイウスは改めて思う。

苦い顔をしながら、黙ってインベントリからスコップを取り出した弟子を見て、バリアンは苦笑を浮かべるしか出来ない。

「師匠がやった事にしておいてください。お説教も……ついでに。俺は、嫌われているの位は分かってるので……こんなことをしたのを知られて『善人気取りか』なんて言われた日には、もう……他人が複雑すぎてよく分からなくなると思うので」

「難儀じゃのう。……ま、ええわい。鍛え直すために来たからな。ワシじゃあなきゃS級パーティなぞ抑え込めんわ」

「ふ……、王宮騎士団後方支援部隊の総長で、老師ですからね」

喋《しゃべ》りながらも慣れた様子でざくざくと穴を掘り、悪臭を放つ汚れた藁を中に入れて火付け石で燃やす。燃えている間に、厩舎横にまとめておいたドラコニクスの餌を運んだ。

それぞれのドラコニクスの厩舎の前、ドラコニクスの首が届かないところに好みの餌を置いてやる。

関わるのはここまでだろう、とガイウスは思ったし、『三日月の爪』に至ってはガイウスが来たことなど知りようもないはずだ。知らなくていいとも思う。

燃え尽きて灰になった藁に分かるようにこんもりと土を盛ってやる。町中の遠吠えが、徐々に大人しくなっていく。

「ほんと、お主は難儀じゃの。王宮に来たら雇ってやるぞ?」

「そう、ですね……、一つ約束をしたので、それが終わって、一人になったら……、俺も共同体で生きていく練習がしたいので、考えてみます」

「まぁ、ならんと思うがの。さぁて、お主は不法侵入じゃし、そろそろ追い返すか」

「いつまでもお世話になります。後のこと、お願いします」

「ええぞぃ。ワシは町の人間より、すこっしばかりお主にも、このパーティにも詳しくなったからの。……また会いに来い、ガイウス」

「はい、師匠」

やるべき事を終えて深く頭を下げたガイウスは、そっと『三日月の爪』の拠点を後にした。

「若者は手が掛かるのう……」

頭を下げたガイウスも、自分たちが気付いてないだけでまだまだ甘えた考えの今の弟子たちも、バリアンにはどちらも手が掛かる。

それが楽しいが、と思いながら、バリアンも拠点に戻り、リビングで潰れている彼らはそっとしておいて、ガイウスの部屋だった家具だけが置かれた部屋に入り込み、一人ベッドに横になった。

◇◇◇

朝陽が昇る頃、リビングに怒号が響いた。

「いつまで寝とる気じゃあっ！　この若造どもが！　今日からお前らの仕事は山積みなんじゃぞ、はよ起きんかい！」

「うぇっ⁈」

「……あと五ふん……」

「はいぃっ⁈」

「……頭が、痛い」

しこたま酔って、散々に本音を吐き出して、気持ちよく眠っていた所をバリアンの怒号で起こされた『三日月の爪』のメンバーは、のそりと身体を起こした。

蹴るようにして部屋から追い立て、顔を順番に洗わせ、食事の支度をリリーシアに命じたバリアンは、まず残りの三人をさっさと厩舎に連れ出した。

今日は拠点から出す予定はない。風呂ならば後で入ればいい。

冒険者ならば、数日風呂に入れない、体も拭けないのも当たり前だ。

「こんなに早くからドラコニクスの世話を……？」

「おんしら、何にも気付いておらんかったようだからの。いいから世話をしてみろ。あと、それぞれのドラコニクスには目の前の餌を与えるように。好みの餌を食わないと調子を崩すのがこいつらじゃ。おんしら適当に与えておったろがい。そのせいで糞尿《ふんにょう》や体臭が酷い事になっていたのに、気付かんのか、この悪臭に」

と、言われても、とグルガンとハンナとベンは、顔を見合わせて困惑した。

騎獣とはそういう臭いのするものなのだろう、と思っていたからだ。後ろ足で地面をかいたり、遠吠えしたり、神経質に鳴いたりも、ここ数日は外に連れ出せていないからだと思っていた。

観察力が低下している。バリアンはまず、気付かせることは諦めて、最低限必要なことは怒鳴りつけてでも覚えさせることにした。

自分たちの連携が取れずに依頼に失敗する位ならばまだ可愛いものだが、ドラコニクスの異常に気付けないとなると本当に町に被害が出る。

今日はとにかく藁を替えて餌と水をやるのを見届けてから、昨日ガイウスが掘った穴の場所に、バリアンがスコップを二本、インベントリから出して刺してやる。

「ほれ、お前ら男は藁の始末じゃ。昨夜のうちに今まで溜めておかれた分は処理した。穴を掘って藁を入れて、火付け石で燃やして灰になったら土をかぶせろ。灰になるまでは土をかぶせるなよ、土の温度で火が消えて臭いが残るからの」

「う、はい……」

「……重労働だな」

「それをガイウス一人がやっとったんじゃ。追い出したからには責任を持てぃ」

それを言われると何も言えない。

昨夜の記憶はほとんどないが、酒の席でしこたまガイウスについて吐き出した事位は覚えている。町の人々の態度についてもだ。

そういう物を全部知られてしまっては、なんとも言えない気持ちでやるしかない。

自己責任、という気持ちはまだ残っていたが、ガイウスが居ればこんなことには、などという不満は顔に出てしまっている。

酔っぱらった時、体調が悪い時、人はうまく自分も他人もごまかせないし騙《だま》せない。すかさずバリアンの拳が不満げな二人の頭を殴った。

「その顔はなんじゃ！　自分の騎獣じゃろが！　世話ができんのなら王宮に返せ！」

二人は苦虫をかみつぶしたような顔で作業にとりかかった。頭の上が痛い。ついでに二日酔いで頭の中も痛い。言い返す元気も無ければ、思考能力も低下している。

バリアンの正論に、頭がまともであっても言い返す言葉などなかっただろうが。

「あとそこのハンナ。バケツに水を汲《く》んできてドラコニクスの身体を拭いてやれ。暫く悪臭を放っていたからな、綺麗《きれい》にしてやらにゃいかん。本当は水浴びさせてやるのがえぇんじゃが、今のお前さんらのドラコニクス、どうも懐いとらん。水浴びの間に逃げ出されるぞ。ほれ、さっさとせい！」

「はぁ～～？　なんで私なのよ。なら私がご飯を作るわ」

「はぁ～～？　じゃないわぃ！　誰がどの担当でも構やせんがの、どうせ持ち回りじゃぞ。ほれ、さっさと手ぬぐいとバケツを持ってこい」

表面上は強気だが、ハンナは押しに弱い。ワガママで、察して欲しいという部分も大きい。はっきり役割を伝え、どちらにしろやらせる、と言えば渋々ながらも動きだす。

バリアンは王宮騎士団後方支援部隊の総長で老師だ。見て来た兵の……人間の数が違う。『三日月の爪』の性格は実践訓練の様子からお見通しだが、だからこそ透けて見えた不満のようなものをはっきり聞いておく必要があった。

冒険者も兵士も人間だ。少なからず不満に思うこともあるだろう。それならそれで、自分で代替案を出すなり自分たちが責任を持って環境を変えるなりすればいい。

しかし、ガイウスが抜けた後の行動にはそのどちらも無かった。

拠点のドラコニクスの世話ですらそうだ。ガイウスに不満があるのは分からなくもないが、それはお互い「声を掛けるのをやめた結果」だ。

相性というものもある。何事もなく話し合いでことが進む相手もいれば、ぶつかり合ってでも意見を言い合い、間違いを正す、そういうことが必要なのもまた仲間だ。あれでは、一時雇われの便利屋と変わらない。少なくとも、対等な仲間ではない。

ガイウスには今後「諦めずに声を掛け続ける、ぶつかり合うことを恐れない」という面を鍛えてやらねばと思うが、どうも今はいい出会いがあったようだ。そちらに任せてもいいだろう、とバリアンは思う。

しかし、『三日月の爪』にはそういうものが無い。ギルドを通してようやくバリアンが手を出せた。拠点に居座るという真似もできる。権力のある老人の特権であり、嫌われる部分だが、あいにく今の『三日月の爪』に嫌われてもバリアンは何も痛まない。

とにかく最低限の常識は教え込み、無駄な不満は徹底的に追い出してやらねばならん、とバリアンは考えている。その結果、自分に不満が向いたとしても。

若い彼らがいずれ……そう、十年後か二十年後か、それ以上先かは分からないが、「あの時があってよかった」と思えるように。徹底的に、『三日月の爪』を叩き直す。

ドラコニクスの世話を一通り見届け、ハンナの手伝いをグルガンとベンにもさせた所で、リリーシアが朝食ができたと声を掛けにきた。ドラコニクスの世話を終えた道具をしゃきしゃきと片付けさせて、ひとまず四人を朝食の席へと向かわせた。

◇◇◇

朝一に予定通り森に戻ったガイウスにシュクルが甘えるように軽い頭突きをした。見知らぬドラコニクスを連れて来たミリアを見て、「ガ？」とガイウスに訊《たず》ねている。

群れで行動する習性があるドラコニクスは、新顔には最初警戒心を抱く。が、どちらも王宮の厩舎で飼育されていたドラコニクスだ。この場でリーダーを決めるはずだが、そこはミリアのドラコニクスであるルーファスがよくわきまえていた。

ルーファスの世話のやり方を朝、ミリアに教えていたのはガイウスだ。そのガイウスを乗せるシュクルがこの群れのドラコニクスのボスだとルーファスはすぐに理解して、ドラコニクスの間で交わされる頭を地面すれすれに下げる礼をする。シュクルもそれで納得した。

その様子を見てガイウスは安心した。ドラコニクスの上下関係を決める争いはドラコニクス同士の闘争になりかねない。怪我をしたら大変だし、巻き込まれると思うと近付けないし、騎獣なので攻撃もできない。

ルーファスには町の外で鞍をのせてあるし、シュクルにも鞍をのせて、一旦野営の解体をしてしまう。痕跡を消し、シュクルの寝藁代わりに使った葉は穴を掘って燃やし、また土と河原の砂利をかぶせておく。

あまりの手際の良さに、ミリアは呆然《ぼうぜん》とその様子を眺めてしまったが、はっとして眉を吊《つ》り上げた。

「ガイウスさん！」

「はいっ！」

「そういうのは！　私と一緒に！　やりましょうね?!」

「……あ、……はい」

一通りを一人でてきぱきと行ってしまい、ミリアが大きな声で、しっかりと、ゆっくりと、笑っていない笑顔でガイウスに迫る。

こうなるともう、ガイウスはたじたじである。

既に見抜かれているし、町中での買い物各所でガイウスは周りの大人に注意されっぱなしだった。

ミリアも気持ちを改めたのだろう、強く出てくるようになった。待っていると伝わらなさそうなのだ。

そうすると、ガイウスは押し切られる。どうしても嫌ならば逃げ出すが、これは今後も生きていくために必要な「集団生活」とか「何かに属する」時に必要なことだ。

今、一緒に行動をするのはミリアであり、ガイウスはミリアにそれを習うのが必要だと思っている。ドラコニクスはシュクルの方が上だが、人間の立場は今の所ミリアが上だ。

「とりあえず、いきなりダンジョンに潜るにはお互い何も知らないから、小手調べにいくつか狩場に行ってみようと思うんだけど、いいかな？」

「そうですね、それは必要です。私もスキルをお見せしておきたいです。魔法も。ガイウスさんはそれを見てサポートを決めてください」

「分かった。――あの、これは、戦闘中だけでいいんだけど」

ガイウスは歯切れ悪く、それでもミリアの目を見て真剣に切り出した。

「はい」

「絶対に、俺の声の通りに動いて。それ以外は好きに動いていいから、俺の声が聞こえたときには必ずそうする、約束して」

「……それは、もちろんです。なんで私が、ガイウスさんを選んだのか、それはそこにありますから」

「？　そう？　それならよかった。じゃあ、なるべくダンジョンに近い環境がいいから……B級の魔獣が出る洞窟でも回ろうか。ドラコニクスなら日に二か所位は行けると思うし」

「はい！　行くわよ、ルーファス」

不思議な笑みを浮かべてミリアが頷き、ルーファスに跨《また》がっていつでも出発できる状況になった。

シュクルも特に空腹では無さそうだ。ちゃんと分量を分かって餌を食べたようだ、とガイウスはシュクルに触れてコンディションを確かめると、背に跨る。

「いくつか狩場を知っているから、俺についてきてくれ」

「わかりました」

「よし、行くぞ」

ミリアがドラコニクスに乗るのが初めてなのは昨日聞いている。

なので最初少しゆっくり目に走り始めたが、基本的には手綱を握っていればドラコニクスは群れの長についてくる。ミリアは【魔法剣士】だから【剣士】の鍛錬を積んでいて体力もあるし、馬には乗ったことがあるのだろう。

操縦せずともシュクルについていくルーファスに驚きながら、馬よりも速い爽快感に小さく歓声を上げた。

森を抜けて草原に出ると、ガイウスはシュクルの速度を少しあげた。

ルーファスは賢く、ミリアは振り落とされないだけの肉体がある。

シュクルに合わせてルーファスも速度を上げるが、いきなりミリアを振り落とすような真似はしない。ちゃんと気遣っている。いいパートナーになりそうだ、とガイウスは横目に見ていた。

森を迂回《うかい》した先に、下級の冒険者は近寄らない洞窟がある。ダンジョンではない一本道なのだが、倒したと思っていても気付くと魔獣が生まれて住み着いている。

洞窟内は大気中に漂う魔力が集まり留まりやすい。その魔力溜まりが魔獣を生み出しているのだろう、とガイウスは考えている。こういう場所は修練には持って来いだ。

地形によって溜まりやすい魔力の量は変わる。ここはＢ級の魔獣が住み着きやすい、そこそこ易しい方の狩場だ。

「ドラコニクスのまま入るけど、騎乗したまま戦える？」

「できれば降りて戦いたいです」

「そっか、ダンジョンは深いからドラコニクスで移動はしたいけど……じゃあ、戦闘になったら降りよう。シュクルがちゃんとルーファスを連れて隠れてくれるよ」

「はい！　お願いします」

大討伐戦などになれば騎乗のまま戦った方が有利だ。魔獣の数が違うので、騎獣も大事な戦力になる。

ただ、今回は二人でのダンジョン攻略に向けた最初の練習である。

メイン火力のミリアが戦いやすい方が大事だとガイウスは判断した。ドラコニクスに騎乗したままの戦闘も、少しずつ覚えてもらえばいい。

さて行くか、と気を引き締めて、シュクルの速度を緩め、ドラコニクスに乗ったまま二人は洞窟の中に入った。

――その洞窟に入っていく二人の姿を見つめる目があった。

人間のものではない。真っ赤な目が一組、木立の陰から二人の背中を見張っている。

ガイウスたちが入った洞窟は王都からそう遠くない。先ほどこの目の主は二人を森の拠点で見つけていたのだが、移動したのでついてきたらしい。

洞窟の奥に進んで行くのを見届けて、近くにいた仲間を呼ぶ。そのまま見張りを続けるように伝えると、影は地面の中に潜り込んで王都の主のもとへ戻った。

ウォーレンは、高級宿屋のモーニングを自室で食べて、コーヒーを飲んでいたところだった。

そこに、自分の影の中に先日放った影の一つが戻ってきた気配がする。

それでいきなり下を向いて話しかけるような真似はしない。

優雅な動作でコーヒーをもう一口飲むと、静かな声で中空に尋ねた。

「状況は？」

答えは、直接脳内に返ってくる。

影は声を持たない。だが、ウォーレンには声なき声が聞こえる。

「そう、見つかりましたか。見張りもついている、うん、いいことです。そのまま見失わないようにしながら、経過報告を続けてください」

影は、もう一つ付け加えて報告をした。

近々ガイウスたちは特殊個体のいるダンジョンに潜る、という話だ。

その後いったん王都に戻ったので、様子を見てから報告に来たのだという。

「なるほど、なるほど……特殊個体のいるダンジョンですか。では、今日はそのダンジョンを散歩しに行きましょうか」

攻略ではない。散歩だという。

特殊個体、ということだけがわかっていて、どんな特殊個体かはガイウスたちにはわかっていないのだろう。

ならば、その状況を利用しない手は無い。

影に向かって、あなたは随時連絡を、と言うと離れていく気配がした。

ウォーレンはコーヒーカップをテーブルに置く。

昨日の夕刊を手に取り、今日の予定を組み立てる。ダンジョンの中にいても、ウォーレンの影ならば問題なく出入りができる。

B級ダンジョンなんて、本来なら一般人には危険極まりない場所だ。

それを、ウォーレンは一人で散歩するという。

冒険者であるガイウスたちですら、二人で行くならば、と入念な準備を整えているというのに。

ウォーレンにとっては、別に一人で行くわけではない。複数、しかも自分の手足となる影という存在がいる。

それに、ダンジョンから出る方法ならいつでもどうとでもなる。

どうせなら、今のガイウスの実力……商品価値を見定めるいい機会かもしれない。

「うん、そうだな……少しだけ難易度をあげておこうか」

ダンジョンの難易度をあげる、とは常人の及ぶ発想ではない。

ウォーレンの声は当たり前のことをいうような声だった。まずは、その特殊個体のいるB級ダンジョンとやらの情報を集めなければならないだろう。

しかし、急ぐ必要はなさそうだ。

だから、ウォーレンは独り言をやめて、ドアをノックされて渡された朝刊を笑顔で受け取り、チップを渡して、王都の最新のニュースに目を落とした。

◇◇◇

洞窟の入り口で拾った木の枝に、先日仕留めたホーンラビットの毛皮を巻き付けて松明《たいまつ》にしたガイウスが、ゆっくりとシュクルを進める。ミリアも遅れずに付いてきている。

ドラコニクスは敵の気配に敏感だ。さっそくシュクルが足を止めたので、ここでルーファスと待つように言いつけると、ミリアと共に徒歩で奥に向かった。

松明の照らす範囲は狭い。

洞窟の入り口からはそれなりに中に入ったから、この火が唯一の光源だ。

ガイウスにぴったり離れないようミリアが寄り添うようにしながら暫く進むと、ギャッギャッという声が聞こえて来た。

どうやらゴブリンが住み着いているらしい。最初の敵にしては厄介であり、ダンジョンの練習にしたらまぁまぁちょうどいい、というラインだ。ダンジョンの中では狭い場所で複数の敵に対して立ち回るのが当たり前になる。

ガイウスはミリアが出来ることを知らないので、ミリアに向きなおって訊ねる。

「この洞窟の中でゴブリンの群れだ。炎系、土系の魔法は避けて、他に使える魔法は？」

「風系と氷系の範囲魔法と複数攻撃魔法、あとは回復魔法です」

「分かった。氷魔法中心で、足を狙うようにしてくれ。後方支援はするから、目の前の敵に集中してくれていい。とにかく第一に怪我をしない事。二人きりだとそれが隙になる」

「わかりました。――ガイウスさん、私、強くなりましたから」

「？　うん。【魔法剣士】だもんな。じゃあ、後ろにいるよ。あぁ……灯りをどうにかしないとな」

「いえ、ご心配には及びません」

ガイウスとの短い作戦会議を終えたミリアは、腰の剣を抜くと暗い洞窟の中に進み出た。

耳障りな声が一際騒がしくなる。人型の魔獣……ゴブリンやオーガは、人間の女人を好む性質がある。もちろん子供を産む腹としてだ。怖気《おぞけ》が走るが、同じような構造さえしていれば魔獣の種は勝手に育つ。

同族でなくとも繁殖可能だからやっかいであり、また、人ほど腹の中での時間を要しない。人間の女の腹というのは、実に都合のいいものらしかった。

ガイウスは後方で松明を適当な岩の隙間にがっと押し込むと、自身は片手に魔法弓を構えてもう片方でインベントリを常時展開していた。アイテムの使用が先になるか、弓での支援が先になるかはミリア次第だ。

しかし、灯りも無い中でどうするつもりだろうと眺めていたが、ミリアだってA級冒険者だ。洞窟やダンジョンでの戦闘経験もある。

ミリアが剣を額に当てるようにして何か呪文を唱えると、剣が発光した。なるほど、とガイウスは冷静にそれを眺める。

魔法弓は自動的にガイウスの中の魔力を矢として引き出す事ができる魔導武器だが、ミリアの場合は自身の魔力を剣に纏《まと》わせて発光させている。

敵にとっては見つけてくださいというような真似かもしれないが、これは後々他に応用が利くな、とガイウスは眺めていた。

ミリアが進んだ先は拓《ひら》けた突き当りになっていて、ガイウスはもう少しだけ近付いた。暗闇に多少慣れた目には、壁面にいくつも開いた穴から黄色の目が光っているのが見える。

ホブゴブリンも交ざっているだろうか？　ゴブリンメイジが居ると厄介だな、とは思いつつも、ゴブリンの動きはある程度研究されている。

まずは集団で獲物に襲い掛かり、その間にメイジがいるならば魔法をぶつけてこようとする。

魔力は人間も魔獣も問わず発光する。メイジがいる場合はどこかの穴が光るので、ガイウスは「視野を広く」持って空間全体を眺めるようにした。

ガイウスの「視野を広く」持つというのは、ジョブに依存しないガイウスの特技、または、才能と呼ぶべきもの。空間把握能力とでもいうべきだろうか。視野が常人よりずっと広くなり、通常なら死角となる場所までつぶさに観察できる。

ガイウスに自覚は無いが、「視野を広く」と意識した瞬間に、それまで無意識で拾い集めていたその場所の情報を元に頭の中でその場所をシミュレートしているのだ。魔獣の動きも、人の動きも、それまで長く一緒にいたり観察した情報を元に精密な予測をたてられる。まるで目で見て判断したかのように正確な指示とサポートができる。

さらには、視界の中に動くものがいれば人はそれに集中してしまいがちだが、ガイウスは全体を見ながら動く対象にも意識を向けることができる、という稀有《けう》な才能を有していた。

ミリアに向って四方向からゴブリンがこん棒を片手に襲い掛かる。六体が群がったが、ガイウスはミリアの剣筋も視界に捉えていた。

ミリアに向って振り下ろされたこん棒を軽く弾いていなし、力ではなく技術で距離を取らせた瞬間には、もうミリアの踏み込みが始まっている。

剣技の確認はしていなかったが、【魔法使い】から【剣士】に転職した後の研鑽《けんさん》は相当なものを積んでいるようだ。体運びに迷いが無く、素早く、技も冴《さ》えている。最初から【剣士】だったわけではないので力が無いのをカバーするように、考えて訓練された動きだ。

　踏み込みと同時に詠唱に入り、同じ方向に弾いた二体のゴブリンの脚を低い姿勢で一文字に斬り払うと同時、その低姿勢を利用して反対側に弾いたゴブリンたちの頭上を超えるように宙返りをした。

　上空で詠唱を終え、素早く剣を握った手とは反対側の手に杖を握ると、先に飛び出したゴブリンたちに向ってミリアの周りに現れた氷の槍《やり》が降り注ぎ穴だらけにしていく。

　やはりメイジがいたようだとミリアの動きを見ながら、ガイウスは視野を広く保ったまま、無造作に魔法弓を構えてメイジのいる場所に向って矢を放ち詠唱を邪魔する。

　そのまま飛び出してくる次のゴブリンの足止め程度に『即時判断』のスキルを使用して、ミリアの着地の場所には当たらないよう、続けざまに三発の矢を放った。

　矢の補充が要らない魔力の矢を扱うということは、矢継のロスタイムが無いということだ。

　再度ゴブリンメイジにめがけて一発、続けて三発を、この拓けた場所のどこに当てればいいのかを『即時判断』と『投擲《とうてき》』スキルで見極め、跳弾させる。ミリアに当てない必要があるので、地上に干渉しない場所でやる必要がある。

　火力は無いが、飛び出して来たゴブリンの勢いを殺す事ができた。

　実際、最初の六体は様子見で、着地したミリアに向って今度は倍の数のゴブリンが飛び出して来ていた。

　ガイウスは跳弾でゴブリンたちが飛び出してくる勢いを殺し、何体かはそのまま洞窟の地面に転がした。もちろん、殺傷能力は高くない。出鼻をくじく、魔法の詠唱を止める程度の威力だが、ミリアにはそれで充分だ。

ガイウスの跳弾は以前助けられた時に見て驚いたものだ。

威力が弱く、魔法弓の実体を持たない魔力の矢だからできる技である。しっかり魔力を籠めてヘッドショットを狙った所も見た事があるが、それは【レンジャー】などの弓を使うジョブでも可能なことで、跳弾《こちら》の方が凄い技術だ。

剣技もそうだが、スキルは使ううちに洗練されていく。『即時判断』なんて、本来は戦場で慌てず最適なアイテムを選ぶ程度のスキルのはずだが、ガイウスはそれが戦闘に応用できる。

後方支援としてこれ程頼もしい人もいない、とミリアはずっと思っていた。そして、憧れもあった。

ただし同じ道に進むのでは意味がない。ガイウスと一緒に戦うためには、自分は一人でも火力として十分な戦力にならなければいけないと思った。

だから【魔法剣士】を選んだ。【魔法使い】としてはそれなりの修練を積んでいたのもあり、あとは必死に【剣士】としての腕を磨いた。

今はその力の発揮のしどころである。

跳弾で動きを鈍らされ床に転がったゴブリンたちを、『波動斬』という剣戟《けんげき》を飛ばす剣技で的確に仕留める。低姿勢で走ってかく乱しつつ、隙を見て魔法を唱えた。

氷の魔法だが、今度は矢ではない。立って向かってくる者には『波動斬』を、そしてうずくまり様子を窺《うかが》うゴブリンにはいつの間にか広い空間一杯に満ちていた『ダイヤモンドダスト』という範囲魔法が襲い掛かる。

地面を這《は》うような冷気が蔓延《まんえん》した中、走って近付いたゴブリンの頭を斬り上げたと同時、周囲にいたゴブリンたちを凍り付かせる氷の柱が地面から生えた。

ミリアがこうして近接戦闘に集中できたのは、ガイウスがその間にゴブリンメイジに向って強弓を引き絞るように魔力の矢を練り上げ、ヘッドショットで倒してくれていたからだ。先ほどの跳弾で、ガイウスは敵の正確な位置を把握していた。

魔力は光る。当然、跳弾させた魔法弓の矢も光る。洞窟の内部を無意識に観察するには十分だった。

メイジ側にしてみれば一瞬光っただけだろうが、ガイウスの後方支援の一番の売りは「視野を広く」持つことにある。

戦場を常に一番後ろから眺めること。戦場の情報を見落とさない事。

「ギャアッ！」

ミリアが斬り伏せたゴブリンの汚い悲鳴があがると、洞窟の中は静かになった。

襲い掛かってくるゴブリンもゴブリンメイジも、もういないようだ。数は多かったが、ミリアが範囲攻撃ができることが幸いしてすぐに討伐できた。

ガイウスが魔法弓を畳んで背負いなおし、ミリアは少し物足りない気もしつつ、他にゴブリンの気配もしないのでガイウスの元に戻る。

「お疲れ様でした。ここのゴブリンはこれで全部でしょうか？」

「そうみたいだ。気配もしないし、シュクル達の声が聞こえる。後始末して戻ろうか」

「ゴブリンは素材になる部分はありませんよね？　燃やしてしまってはダメですか？」

「んー……」

ガイウスは古風ながら指を舐《な》めて湿らせると風の流れを読んだ。ゴブリンたちの巣穴があったことから、自分たちの立っている場所から見えない所に風穴があると予測できる。それが小さなものでなければ、洞窟内の酸素を燃やし尽くす事もない。

風はちゃんと流れているようだ。これならばゴブリンの死骸を燃やすくらいは問題ないだろう。

「大丈夫そうだ。じゃあ死骸を集めて、燃やそうか。メイジが何か落としてるかもしれないからちょっと見て来る。ついでに下に落とすよ」

「お願いします」

そうしてガイウスは地形効果無視の『投擲』のスキルで、インベントリから取り出した鍵縄《かぎなわ》を上の穴の方へ向かって投げると、そのまま縄をするすると登ってゴブリンたちの居た穴の中に消えた。

◇◇◇

「ふむ、料理の腕はまずまずじゃな。焦げとらんし、味もする。が、お主ら、美味しいとは思っておらんな」

バリアンはリリーシアの用意した朝食を食べてから、周囲の顔を見回した。朝からの重労働で空腹というスパイスが利いていても、ましてや作ったリリーシア自身も、諸手を挙げて「美味しい！」と言える出来では無いのは確かだ。

献立はオムレツに野菜、焼いたベーコンと、豆とトマトのスープにパン。パンは買ってきた物だ。味は悪くない。リリーシアは【僧侶】としての修行のために修道院にいて、そこでは持ち回りで家事をするのが当たり前だった。だが、ここ一年以上はずっとガイウス頼りだったのは否めない。

リリーシアも一応台所は見て回ったのだ。何に使うのか分からない調味料の類が山ほどあったが、結果、知っている調味料と材料で作る、修道院での質素な料理に落ち着いた。下手に失敗したくなかったというのもある。

「この短時間でこれだけの品数を作れるのは大したもんじゃぃ。『鑑定』が使えないなら、見知らぬ調味料は使えないじゃろうしの。料理は昼からワシが教えるから、全員少しずつ覚えるといい。食が豊かじゃないと人生はつまらんからの。野営での英気や健康管理にも関わってくる、えぇの？」

「は、はいぃ……！」

「料理まで全員がするのか……」

「ばか、黙れって」

「……ドラコニクスの世話よりはいいわ」

朝から疲れたせいか、全員から正直な感想が出てきている。おまけに二日酔いもある。朝からへとへとで体調も悪いとなると、せっかく気合を入れていた『三日月の爪』の初心に返ろう、という気持ちもべりべりと剝がれていく。

バリアンの狙いはこれだ。

表面だけ取り繕っても駄目である。

根っこの部分から、自分たちが何をどれだけガイウスに任せて甘えていたのか、そして、ガイウスがそれを諦めて受け入れていたのかを思い知らせなければいけない。

厳しくするのが本当の優しさだ、という言葉もある。それが正しい時もあれば、そうでない場面ももちろんある。

戦場でふらふらなのに前衛に出ようとする馬鹿者はさっさと引っ込めないと二次災害にも繫《つな》がりかねない。

同時に、非戦闘時に何もできない、自分の事もできなければ料理も設営も片付けもできない、自分の持ち物も把握していない、騎獣の世話もできない。そんな者はあぶなっかしくて冒険になど行かせられない。

いきなり全部をやらせる気はない。まずは拠点での生活を安定させて、『三日月の爪』の新しい日常と常識を作ってやらねばならない。

バリアンはそこまで考えて、朝食を食べ終わると今度はベンに洗い物をさせた。その間に、昨日の宴会のあとを他の面々が片付ける。

「瓶と燃えるゴミを同じ袋に入れるんじゃない！　食べかすは燃えるゴミじゃ！　皿はゴミじゃないんじゃからどんどん台所に持っていけ！　ほれほれ！」

「頭……いったい……、叫ばないでよ……」

「愚痴るな……、余計叫ばれる……」

ハンナとグルガンが小声でささやき合う。バリアンはいきなりそこまで咎《とが》める気はなかったが、怒号を緩めてやる気もなかった。

リリーシアはもはや泣きそうである。いや、涙目で今にも涙が零れるんじゃないかという限界だ。

まだまだこんなものでバリアンの指導は終わらない。片付けが済んだら、今度は共有部分の掃除である。

掃除道具の場所も分からない体たらくにバリアンは呆れながらも、拠点はちょっとした屋敷のような大きさなので、ハウスメイドを雇うのもそのうち勧めようとは思う。が、今は家に居て依頼も受けられない。そんな懐の余裕は無いし、無いことに気付いてもいないだろう。先々に出ていく金の管理が、彼らにできているとは微塵《みじん》も思わない。

その上、ガイウスは依頼の合間合間に一人で掃除していたと聞いている。

全くもって駄目な弟子を持ったとバリアンは内心憤慨しながら、それを八つ当たりする程若くもなかったので、手厳しくはあったが丁寧に掃除のやり方を教える。

泣きながら袖で涙を拭ってモップをかけるリリーシアと、目が死んでいるハンナ。階段や窓の桟、ガラスを拭くベンとグルガン。共用部分の掃除だけで午前中の時間がつぶれてしまった。

だが、綺麗に片付いた屋敷は、自分たちの手でやったのもあるが気持ちがいい物だ。

これを一人でこなしていたのか、とガイウスに対して尊敬を通り越して気持ち悪さのようなものも感じている。四人でやって午前いっぱいだ。その上、料理、買い出し、ドラコニクスの世話に素材やアイテムの売買……今認識しただけでも超人的な能力である。

ガイウスの過去を彼らは知らない。

冒険者がパーティを組む時に過去を聞くのは野暮であり、どんなに親しくとも、自ら話さない限り仲間の過去を聞かないのが暗黙の了解である。

ガイウスはこういった家事仕事を物心がついた頃からやっていた、いわばプロだ。効率の良さも腕前もベテランのハウスメイドに並び立つ。

ガイウスの過去を知っているからこそ、バリアンはガイウスが『三日月の爪』を甘やかしたことを良しとしていない。彼らが自立できるようにリハビリは根気強く、徹底的に、褒める所は褒めてやっていくつもりだ。

何もガイウスのようにならなくていい。

四人とも基本ができるようになればいいのだ。

その後は、本当にハウスメイドを雇うという手段を教えてやればいい。彼らはそこにも思い至らないほど、世間の事を知らないまま、短いようで長い時間を過ごしてしまった。

「掃除、できたじゃないか。えらいぞ、拠点が汚ければ休まらんからな。それに、連携の練習にもなる。誰が何をやっているのか、常に気を配れるようになれば上出来じゃ。さ、昼飯を……作れなさそうじゃのう。今日はワシが作ってやるから、それを食ったらギルドで連携の練習じゃ」

掃除用具を片付け、ダイニングで屍《しかばね》となっている『三日月の爪』に、バリアンは初日は手心を加えてやることにしたようだ。

何も焦る事はない。ガイウスがやっていた「常識外」の当たり前を、『三日月の爪』にさせるつもりは毛頭ないのだ。

くり返すが、基本ができるようになればいい。誰が何をやっているかを知り、それに見合う正当な報酬を払う。そして、敬意を払う。ガイウスに頼り切りで依存していたにもかかわらず邪魔と思うような人間に、そのまま楽な手段を教えたら、これまたトラブルの元になる。

「常識」が「日常」になるまで、根気強く教えればいい。

『三日月の爪』は若い。恋人同士ならば、それはそれで若い時間を有効活用していると言ってもいいだろう。そして、その若さのあるうちに全員が上級職になった、その鍛錬も無駄では無い。

一度身に付けたスキルや魔法を、ほんの一ヵ月使わない程度で忘れることはないし、忘れさせる気もない。

しかし、一年以上も日常のことを何もしなければ、出来ていたはずの「当たり前」はできなくなる。

教えて、やらせて、言って聞かせて、できたことは褒めてやる。バリアンは、まだまだ時間がかかりそうだとは思いながら、初日にしては上出来の働きをした彼らに、二日酔いにも優しい美味しい昼食を作って食わせてやった。

おかわり！　と言わないメンツは居なかった。

そして、たくさん食べてしばし食休みを挟むと、ギルドの演習場に揃って向かう。

バリアンは昨夜から『三日月の爪』と生活を共にしていたが、その間にも準備を進めていたようだった。

「さて、連携の練習をするが、今までお主らは連携ができていたのに、今はできない。ない物は何じゃ？」

ギルドの演習場には、今日は魔獣の檻は無かった。そのかわり、初心者が使うような木の人形がいくつも立っている。合計で二十体はあるだろうか。前衛と後衛のような布陣で、隆起のある演習場にそって立っていた。

バリアンの問いに、さすがに気まずそうに顔を合わせたが、グルガンがごくりと唾を飲み込んで答えた。

「ガイウス、ですか……」

「半分正解じゃ。正確にはサポーターがおらん」

「サポーター……」

いまいちピンと来ない様子でグルガンが呟く。バリアンはまず、口で言うよりも実践してみた方が早いと手を叩いた。

「ま、やってみるのが早いじゃろ。今から三分の間に、演習場の木の人形を全部倒してみぃ。配置についたら始めるぞい」

「は、はい！」

午前中の家事に比べれば、こちらの方が彼らの領分だ。全員迷う事なく前衛と後衛に分かれたが、動かない、反撃してこない的《まと》を倒すのに連携が必要なのか？　と半信半疑で位置に着いた。

「よし、はじめ！」

砂時計をひっくり返したバリアンが言うと同時に、リリーシアはグルガンへ速度強化の魔法を、ハンナは複数の火球を出現させる中級魔法を唱えた。

ベンは強化されるまでもない、とにかく目の前の的に向って【重装盾士】らしく突進して、端から戦斧《せんぷ》で砕いていく。

【パラディン】であるグルガンはベン以上の火力と俊敏性がある。木でできた的ならば即座に破壊できた。

メインの前線を張る二人のうち、ベンを強化するよりグルガンを先に強化した方がもっと早く済むと考えたリリーシアの狙いは正しい。

速度強化されたグルガンが一気にベンの反対側から木の的に襲いかかる。その間に、リリーシアは今度はベンに向って速度強化の魔法を唱え始めた。

しかし、彼らの間違いがここで一つ明らかになる。

「ばっ、早すぎ！　グルガン避けて！」

「は?!」

先日の失敗を活かして後衛の位置にある木の人形を狙ったハンナの複数の火球の一つがグルガンに向かっていく。

あまりにも早く前衛に配置された人形を破壊したベンとグルガンが後衛に向かった途端、ハンナの火球の射線を塞いだせいで直撃した。

この程度はダメージにもならないが、グルガンの動きが一瞬止まってしまう。衝撃まではどうにもならないし、熱いものは熱い。しかし、戦闘続行不可能ではない。

微かに焦げたマントを翻して、ハンナが倒しそびれた目の前の的をグルガンが倒す。と、同時にそれを狙っていたベンの武器とグルガンの武器がかち合って剣が弾かれた。

「えっ?!」

「す、まん！」

驚きの声をあげたグルガンに謝りながら、戦斧を振りぬいて的を破壊したベンだが、彼も驚愕に目を見開いている。

リリーシアはハンナの火球がグルガンに着弾したのを見て初級の『ヒール』を唱え始めていたが、そこでバリアンが止めた。

「そこまで！」

呪文の詠唱は中断され、的があと五体程残ったまま、砂時計の砂は落ち切った。

自分たちがあまりにちぐはぐにすぎたが、誰かが何か判断を間違った気はしない。

だが、動かない的に対して彼らはここまで連携が取れず、倒し切る事もできなかった。

「分かったかの？」

「いや……、一体、どうして、こうなったのか……」

「少し話し合ってみぃ」

剣を拾って戻って来たグルガンが凄く不思議そうに頭をかいている。

バリアンは彼らが、これが原因か？　と話し合っている間に、インベントリから新たな木の人形を出して演習場に設置してまわった。

同じ数の木の的を設置したバリアンが、まだ話し合っている彼らの元に戻ってくると、そこまで、と再び手を叩いた。

「原因は分かったかの？」

「いや、分からない、です」

「リリーシアの援護は的確だった。グルガンに先に速度強化を掛ける方が、最終的な手数は増える」

「ハンナさんの魔法も、後衛を狙っていたので……何が、かみ合わなかったのか、よくわからないですぅ」

「最後の『ヒール』も……なんで止めたの？」

一応お互いのやっている事は把握していたようだ、とバリアンは半分満足したので、答えを教える。

「お主ら、全く声がけをせんかったろう。まず、グルガンが速度強化されているのが分かっているなら、ハンナかグルガンがどれを狙うか声を掛けろぃ。ベンもだ、グルガンの動きが止まったのをもう少し目で追うようにせい。それから、最後の『ヒール』を止めたのは過剰回復状態になるからじゃ。木の的を破壊する程度の火球でグルガンにダメージは無い。あそこはどちらかと言うと状態異常を回復する魔法の方がえぇの、火傷は地味に後に効くからの」

言われてみれば、と『三日月の爪』は顔を見合わせた。

昨日のフォレストウルフ相手の演習の時もだが、自分たちは今まで声掛けをしてこなかった。その「習慣」が無い。

なぜなら、それは今までガイウスの仕事だったからだ。

ガイウスの指示の通りに動くことで、自分たちは互いを攻撃する事なく、また、邪魔もせず、さらには的確に動いていた。火傷程度ならば、ガイウスから回復アイテムを受け取ってもいた。魔法には詠唱が必要だからだ。

今は動かない的が目的の演習である。

バリアンに言われた通りリリーシアはすぐに状態異常回復の魔法をグルガンに掛けて、微かな火傷を回復してやる。確かに落ち着いてみれば間近にみるグルガンに怪我らしい怪我はない。

「そこで必要なのが、後方で全体を見るサポーターなんじゃが……、まぁ、信頼関係のないサポーターは邪魔じゃからの。同じ級か、少し下の級のサポーターを、実績を鑑みてその時々で雇うのもええじゃろ。が、パーティからサポーターが居なくなったのが今の『三日月の爪』で、そこに参入してくれる者が居ないのが現状じゃ。じゃからお前らがやる事は……」

「互いに声を掛け合って」

「何を狙っているのか、周りを見てちゃんと分かるようにして」

「連携を強化するん、ですねぇ……」

「……俺はもう少し、敵だけではなく周りを見るように気をつけよう」

バリアンに言われて理解できたからといって、彼らは即座にそれができる訳ではない。が、その事には気付いていない。

やってみればそれが難しい事だと気付くはずだ。言われたからといって即座に連携が取れるようになるかといえば、そういうものでもない。

何事も繰り返しと練習である。まだ魔獣の相手は早い、と判断したバリアンは、とにかく木の的に向かって三分の時間制限を設け、全てを倒すような演習を暫く……何日も、続けさせた。

◇◇◇

とあるダンジョンの入口から、ウォーレンがいつも通り身形《みなり》のいい恰好《かっこう》で出てきた。森の中では不似合いな恰好である。

ダンジョンの入り口は壁も何もない空間に浮かぶ、分厚い石の扉だ。

片手に杖を持ち、帽子を被り、革靴で歩いている様は、周囲の森とちぐはぐで似合わない。

「こんなものでしょうか。さて、ガイウスは無事にここを攻略して出てくるといいのですけれど」

そこは、ガイウスとミリアが目指す特殊個体のいるB級ダンジョンだった。

本来の特殊個体の報告は、小さいながらも竜種が出る、というもので、B級ダンジョンにはいないはずの存在だった。

ダンジョンは周囲の環境に左右され、魔獣は環境に見合ったものが出てくる。本来ならばこの森には出ない、火山帯にいるはずの竜種が目撃され、B級の装備では効果が薄いことから、特殊個体のいるダンジョンとされている。

ウォーレンはダンジョンに入り、迷いなく「散歩」しながら、ダンジョンに自身の魔力で働きかけ、内部構造を一部改変した。

本来、人の業ではない。ダンジョンは未だ解明できない謎の空間なのだ。

しかし、ウォーレンには生憎《あいにく》ある種の才能が備わっていた。

冒険者登録をしなかっただけで、ウォーレンは教会でジョブを授かっている。

その能力は、親の跡を継いで孤児院の経営をするようになると、日に日に力を増していった。

……奴隷として売れない子どもは、殺してしまって自分の影にしていたからだ。

ウォーレンの職業は【死霊術師】。文字通り死霊や死体を思うがままに操る能力のジョブである。

孤児院の周りにも、自分がいるときには常に灌木《かんぼく》の陰に多数の影を潜り込ませていた。

人が、中からも外からも近づけないように。

どこかで村や集落が焼かれれば、そこに出向いて影を増やした。

死霊を、一種のエネルギーの塊と考える。意志を持つエネルギーを操り動かすことができる。

それがウォーレンの能力の高さであり、スキルでもあった。

ガイウスのスキルの応用と似たようなものだ。スキルを極めれば、そんなことに使えるのか、という応用が利くようになる。

エネルギーの塊を従属させる、または、働きかける。それが死霊術というものならば、ダンジョンは魔力というエネルギーの塊だ。

それに働きかけ、得意な方向に変更するのはウォーレンにとっては安易にできることである。

かといって、ダンジョンでまったく攻撃されないだとか、ダンジョンを自在に造るということはできない。しかし、それはそれ、ダンジョンでの戦闘を死霊に任せればいいだけだ。

自分はその間、ダンジョンの構造を変える。

ガイウスにとってより試練となりうる場所に。

せっかく出て行って、立派に育った一級品の「商品」の価値を確かめるのに、ダンジョンはちょうどいい場所である。

当然、見張りの目も残してある。あとは帰還石というアイテムで外に出た。

「ここで大怪我をするなり、死ぬようならば、商品としての価値はありません。私がお友達の輪に加えてあげるまでです。ですが、クリアできるようならば……ええ、ええ、その時は」

少し空間がいびつに歪《ゆが》んでいる、背後のダンジョンの入り口を見る。

「再び、我が家に迎え入れましょう。ガイウス、あなたの家は、私の家なのですから」

それだけ呟いたウォーレンは、森の中を散歩して帰った。

月の丸い夜の出来事だった。

◇◇◇

最初の洞窟の狩場から、もう十は狩場を回っただろうか。

道中、野営の支度を一人でやりそうになったりするガイウスをミリアが叱りつけて一緒に天幕を組み立て、ミリアが料理をしたり、火の番をしたりと、ガイウスは実に久しぶりの感覚を味わった。

信用、信頼、そういう気持ちは『三日月の爪』にもあったが、一緒に戦い、一緒に冒険することでミリアとの間にもそれができている。むしろ、よく『三日月の爪』を信じていたものだと、自分の心境の変化に驚いていた。

分担して任せ、時には一緒にやるから、信じて頼むことができるようになる。

そう思うと、『三日月の爪』に抱いていたのは、信頼ではなかったのかもしれない。

裏切られない、という信用だけがあって、それはいつしか風化していき、ガイウスはパーティを抜けるように言われ……クビにされた。

そこに悪い感情を抱かなかったガイウスも、もはや『三日月の爪』に何も心を預けていなかったのだろうと思う。せいぜい、背中から刺されない、という程度の信用。何でもやっていたのは、惰《だ》性《せい》からだったというのが正しいのだろう。

ガイウスはまだ知らないことだが、『三日月の爪』にとってガイウスは便利で信用できるという部分がなければ、数ヵ月前から既にただの邪魔ものだった。

その気持ちの隔たりこそ、両者共に気付き、今学び直している部分ではあるが、お互いに知らないことだ。知らない方がいいことでもある。

ガイウスは別に、『三日月の爪』に「自分と同じくらいのことはできるだろ」という事は期待していなかった。ただ、「まぁクビっていう位だから自分たちの事は自分たちでできるだろ」という思い込みがあっただけで。

残念ながら、その思い込みは綺麗にアテが外れ、むしろガイウスを邪魔に思って追い出しておきながら各所に迷惑を掛けてなお、ガイウスを恨む。そういう甘えた根性を育ててしまっていたのだけれど。

ミリアはそれを良しとしなかった。自分がガイウスに甘えたらどうなるのかをちゃんと理解している。

自分の事ができなくなる、自分がこの旅の中で自分の事も自分でできない、一緒に旅をするのに自分は力になれない、そうなることが嫌だった。

ガイウスにとっても、ミリアとの旅は学びでいっぱいだ。自分の当たり前が当たり前じゃないこと。そして、一緒に行うことで相手からも信頼されること。自分の考えを相手に伝えること。それが戦闘面でも大きく影響しているように感じている。

最初、いくつめかの狩場でミリアがガイウスの声より自分の判断を優先させたことがあった。あれだけしっかり約束しておきながらも、ミリアがどれだけガイウスに憧れていても、戦闘に集中したアタッカーが自分の判断を優先してしまうのは仕方がないことでもある。

特に大きな怪我や失敗には繋がらなかったが、ミリアは反省していたし、ガイウスは今更ながら真にお互い信頼しあってこそ、本来は戦闘面で自分の声を聞いてもらえるのだと思った。

『三日月の爪』がガイウスの声を素直に聞いていたのは、その方が成果が出るからだ。思考しなくていいというのは楽である。

戦闘中というのは敵に意識を集中する。そこで信頼関係がちゃんとしていなければ、声は届かない。自分の判断の方を優先して当たり前だ。経験則がものを言うのも確かなのだから。

今はアタッカー一人、サポーター一人の二人旅だ。

こうして日常のちょっとしたことで信頼関係が築ける。今日はミリアが食事を作ってくれている。ガイウスは分からないことは何でも教えたが、手は出さなかった。

（こういうの……いいな。いつぶりだろう……、俺も、ミリアも、ちゃんとお互いのために、そして自分のために動いている……）

お互いのために動く。それに気付いてからは、ガイウスは一人で何でもやろうとしなくなったし、ミリアはガイウスの戦闘中の声に素直に従うようになった。

食事や、眠る時、命を預けられる相手だと信用し、信じて頼める相手だとお互いの中に芽生えた気持ち。

愛だの恋だのではない。これは仲間意識だ。そして、お互いの手の内はもうよくわかった。繰り返しの戦闘、行動パターンが違う多様な魔獣との戦闘によって。

ミリアの能力を口頭で羅列して聞くよりも、どういう時に何をするのかがガイウスには理解できたし、ミリアの方もガイウスが指示を出す時は自分の死角まで見ていることを、心から理解することができた。

何度か王都にも戻っている。シュクルたちの餌はあるが、自分たちは魔獣の肉や薬草だけで生きていけるわけでは無い。買い込んだにしても、ダンジョンに挑む前に二、三ほど狩場を回ればいいだろうと思っていたのが、予想以上に時間がかかってしまった。

これはお互いに思っていた以上に連携を取る難しさを感じた結果だ。二人だけのパーティだと、少しの油断が命取りになる。ここまでの間に大きな怪我もなくそれを確認できたのは、幸運だったといえるかもしれない。

夕食のシチューをかき混ぜているミリアに、ドラコニクスの世話を終えたガイウスが声を掛けた。

「ミリア、明日もう一度王都に行って、改めて準備したら……」

「いよいよ、ダンジョンに行きますか?」

「うん。俺とミリアなら大丈夫、って今なら自信を持って言える。——シュクルたちもいるし」

ダンジョンと狩場の大きな違いは、一度入ったら外に出る方法が限られることにある。

一つ。ダンジョン内にランダムにある外と繋がった魔法陣に乗る事。これはランダムにモンスターが外に出て来る要因にもなる。周辺の植生と近しいが、レベルや上位種などの違うモンスターがいたら、ダンジョンが発見されるきっかけにもなる。

二つ。ダンジョンボスと呼ばれる魔獣を倒し、ダンジョンコアを破壊する。

ボスを倒さずにダンジョンコアを破壊してもいいのだが、そうなるとダンジョンの中には入れなくなり、攻略不完全なままダンジョンの機能が一部停止し、ボスが先の魔法陣で外に出て来る可能性を残すことになる。

魔法陣は一方通行な上に、ダンジョンコアを破壊したダンジョンには入れなくなるから、いつ強力な魔獣が外に出てくるか予測できず得策とは言えない。むしろ一番の愚策だろう。

下手をすれば冒険者だけじゃなく、一般市民の命にもかかわる大ごとだ。

ダンジョンに挑んでそれをした冒険者には大きなペナルティが科せられる。大抵は巨額の罰金、級の見直し、下手をすれば資格のはく奪などだ。

だから、ダンジョンに挑む前には改めて万全の装備で挑まなければならない。狩場はレベル帯をどんどん上げていったが、問題なく全てクリアできた。

あとは、それまでに手に入れた魔獣の素材やドロップを売り払い、ミリアの報酬として冒険者ギルドで魔獣討伐の報酬を得てもらって、装備も見直して……。

ガイウスは今までこれらのことを、己の頭の中で勝手に組み立てていたのだが、今はちゃんと口に出してミリアと話し合った。

ミリアも装備の整備は必要だと思っていたのだろう。特に大型魔獣を討伐したいわけではないが、未知のダンジョンを前にできるならば防御力を上げたいという事だった。

下級のゴブリン程度になら効く低級魔法はよくても、ダンジョンに出て来る魔獣には中級以上の魔法が必要だ。そのためには、杖を持って長い詠唱をしなければならない。その間に攻撃されても致命傷を負わない程度の防御力が欲しいという。

ガイウスも消耗品の補充もしたいし、食糧もなるべく買っておきたい。できれば、素材屋にダンジョンから脱出するための第三の方法……帰還石、というアイテムが卸されていないかも気になるところだ。

ダンジョンの外に一瞬で出られる消費アイテムだが、相当な高額商品である。今のガイウスならば支払いをためらうような値段ではないが、とにかく出回る数が少ない。

いくら信頼関係が築けたとはいえ、前衛一人にサポーター一人、そこにドラコニクスが二匹だ。少々心許ない。

ダンジョンで命を落とすのは避けたい。

お守り程度の気持ちだが、かなり高額なそれを買っておきたい、とガイウスは思っている。

ミリアにそれを言うと無駄遣いじゃないですか？　と言われたが、ガイウスは首を横に振った。

「これは、俺の勝手な持論だけど……生きていればまた挑戦できる。ちゃんと手足が欠けることなく生きていれば。それに、魔法陣は完全ランダムだ。ない、ってことはないだろうけれど、見つけられない、はあり得る。それを考えたら、帰還石は手に入るなら手に入れておきたい」

「そう、ですね……すこし自信過剰になっていたかもしれません。あの、ガイウスさんと戦っていると……怖いという気持ちが、すごく薄れるんです」

「それは……いい事なのかな？」

怖い、と思う事は危険察知にもつながる。怖がり過ぎて動けないというのはいただけないが、あんまり安心されてもミリアが心配だ。

「いい事です。他のどのパーティと一緒にいる時より……なんというのでしょう、気が引き締まると同時に、私が知覚できない危険をガイウスさんの言葉で避けられるんです。なんでしょうね、とってもそれ、気持ちがいいんですよ」

「き、気持ちいい？　初めて言われたな、そんなこと」

「いつかガイウスさんにも味わって欲しいですけど……これはアタッカーの特権ですね。ふふ」

もともと可愛らしい顔を、すっかり安心させて微笑むミリアに、ガイウスは覚えたことのない胸のざわつきを感じて視線をそらした。

「でも俺も、ちゃんと声を聞いてもらえるとすごく嬉《うれ》しいよ。……今なら、最初に言ったときとは違う、心から言える。──いいよ、ダンジョンに行こう」

頭をかいて目を伏せ、自分の気持ちをしっかりと確認した上で、ガイウスはミリアに再び向き合い告げた。

紅潮した頰で嬉しそうに笑ったミリアは、大きく頷く。

「はい！　あ、シチューできましたよ。今日はご飯を食べて、寝て、明日王都に行きましょう」

「うん。いい匂いだ、ミリアのシチュー、好きだな。俺と違う味がする」

「ガイウスさんは一人で何でもやりすぎなんですよ……、教わった通りに作ったんですけど、味違います？」

「そうだな、俺のよりコクがある気がする。何か入れてる？」

「……あぁ！　バターを入れてます、それで……」

そんな雑談をしながら、食事を終えて交代で火の番をしつつ、ガイウスとミリアの夜は更けていった。

──『三日月の爪』も、ちょうどその頃、バリアンが認める程の仕上がりになっていたことを、ガイウスたちはまだ知らない。

第五話　もう一度、最初の一歩を

「よし、えぇじゃろ。よくやったの」

　バリアンの声に全員が戦闘の構えを解く。それと同時に、倒した中型魔獣の死骸の素材を剝ぎ、不要な部分を埋める穴を掘り、と黙っても分担して作業にあたった。

　倒した魔獣の血の上にはハンナが水魔法で薄く水を撒《ま》いて薄め、全員が足を使って痕跡を消す。残しておけば、嗅ぎ付けた別の魔獣が寄ってくることがある。

　そうして、魔獣の不要な部分だけをベンが掘った穴の中に放り込むと、火付け石で燃やし、そこでやっと一休みだ。

「よし、よし。後始末もようできるようになった。今のお前らなら冒険に出してもなんら心配はなかろうな」

「じゃ、じゃあ……?!」

「最後に、ダンジョンに行く。あそこはまた特殊じゃからの、一度王都に戻って支度を整えてからじゃが」

　バリアンの言葉にハンナが腕を組んでリリーシアを振り返る。

「ここから王都でしょ？　リリー、転送使える？」

「あ、はいぃ、ログ残ってますよぉ」

「じゃあこの灰を埋めたらだな。アイテムポーチの中身も整頓したいし」

「回復薬も、食糧も買い足さねばなるまい」

バリアンの言葉にグルガンはいよいよ合格か、と期待したが、最後にダンジョンと言われて頭を切り替えた。

ダンジョンは特異な場所だ。外に出る方法は三つしかないし、基本的にはダンジョンクリアするまで外に出る事はない。

帰還石は今、依頼を受けられない『三日月の爪』の懐具合では厳しい部分がある。となれば、できる限りの補充を行うのが先決だろう。

【上級僧侶】のリリーシアの魔法の中には、主に都市にある聖堂にログという記録を残しておくと、そこに転移できる魔法がある。ダンジョンの中からは使えないが、ダンジョンの外ならばログと魔力さえ残っていれば使うことができる。ただし、街のブラックリストに登録されている人間や、犯罪歴のある人間は使えない。

この狩場に来るまでの間に野営も進んでできるようになり、今や常識外れな部分は殆《ほとん》どない。

バリアンはこの仕上がりに満足していたし、彼らは自分たちでやり始めてすぐに、ガイウスに対する評価を見直す事になった。

道中、最後尾からの偵察に、狩場に行くまでの道順と地形の理解、野営の設営から片付け、料理、水の確保、火の番にドラコニクスたちの世話、戦闘中のフルサポートに、戦闘後の魔獣の解体、素材と捨てる部分の仕分けと、捨てる部分の処理。

四人でやってもそれなりに時間が掛かる。ガイウスは、彼らをそんなに待たせたことはない。急かしたことがあったのは庭に転がされていた大型魔獣の討伐時くらいで、彼らはそれを急かしたことを恥じた。

そして、その後庭に捨てて行かれた、売れもしない焚《た》きつけ用の毛皮の有用性や、急かしたことで仕舞っておいてくれた魔獣の死体の処理を考えると……もはやガイウスは人間の領域ではない、とすら感じる。

それを、クビにした。その理由のあまりのバカらしさに、彼らは沈黙して悔いた。

そして、彼と離れられたことに、少しの感謝もした。

ガイウスに慣れてはいけない。ガイウスの傍にいていいのは、自分を律していられる人間だけだ。『三日月の爪』は、ガイウスと一緒にいたら自分で自分を律せなくなる、と理解した。そして、ガイウスに対しての恨みは消え、微かな恐怖と、大きな感謝と、申し訳なさが残った。ワガママ放題にした上に金で追い出した、という申し訳なさだ。しかも、彼のジョブも役割も理解しないまま馬鹿にもした。頭が申し訳なさで重くてあげられないかもしれない。

バリアンは厳しかった。

最初野営で火の番に当たらなかったカップルが野営中にいちゃつき始めた途端、テントの脚をはじき飛ばして今にも服を脱がせ合おうとしていた現場を邪魔した。

そして告げる。

「おんしら、あほか？　遊びにきとるんじゃないいんじゃぞ。そんなに乳繰り合いたいんなら、冒険者をやめて宿屋にでも籠っとれ」

バリアンの言葉はそれまで、導きと優しさがあっての厳しさだったが、この時ばかりは心底見放されたような、崖から突き落とすような冷たさがあった。呆《あき》れも呆れたり、話には聞いていたが、というのがバリアンの思うところだった。

自分の手を離れたら注意してやる義務はない。

しかし、今はバリアン監督の下で研修中である。なのに、野営中に気を緩めるなどと言語道断。

バリアンに言われるまでそれを当たり前だと思っていた事にも呆れたし、バリアンの中ではガイウスに対して「何で止めないいんじゃあの馬鹿弟子は」という気持ちも大きくなった。

真っ青になった顔で震えながら衣服をただし、最上級の謝罪をして以降、二度と野営中にいちゃつく真似はしなくなったのでバリアンも態度を軟化させた。

その時のことを思い出して、やはり今度顔を合わせたら雷を落とさにゃならんかもしれん、などと考えながら、バリアンは『三日月の爪』が燃えた灰に土をかぶせるのを見届ける。少し離れた場所に控えていたドラコニクスを、それぞれ労わりながら連れて戻ってくるのを待った。

バリアンも移動はドラコニクスを使っている、自分用のドラコニクスを、今は『三日月の爪』の拠点において一緒に世話をしている。もっとも、バリアンは自分のドラコニクスの世話しかしないが。

『三日月の爪』の仕上がりは上々。

もともとS級にあがった実力者たちだから、「常識」を仕込めばどうとでもなる。ただ、実力があるためにバリアン程の者が出てこざるを得なかったが。

そんな特別待遇もまた、ガイウスがバリアンの元弟子という関係だったからこそなのだが、そこは『三日月の爪』のあずかり知らないところだ。

「では、支度したらギルドに申請してダンジョンじゃ。まぁB級くらいでえぇじゃろ。ダンジョンでの当たり前を教えてやるから、クリアして帰るぞぃ」

「はい、バリアン老師」

今では『三日月の爪』もバリアンの事を「バリアン老師」と呼ぶようになっていた。王宮にドラコニクスの餌や藁《わら》を買いに行ったときに、そう呼ばれているのを聞いて自然とそうなった。

バリアンの本当の正体を彼らは知らないが、それもまた些末《さまつ》なことだ。

——そして、彼らが王都に転移する直前に、ガイウスたちは一足先に準備を終えてダンジョンへと向かっていた。

◇◇◇

「じゃあ、行くか」

「はい、よろしくお願いします」

ガイウスとミリアは目当てのダンジョンの入り口の前に立っていた。

見上げる程の分厚い石の扉がそびえたっている。

表から見ても裏から見ても一枚の石に見えるのだが、ダンジョンに挑む者がその意思を持って扉の前に立つと、扉が開き、現世とは違うダンジョンという場所に入る事ができる。

今も重たい石の扉がゆっくりと中に開いていき、ガイウスとミリアを迎え入れようとしていた。ドラコニクスの歩を進めると、二人は吸い込まれるようにしてダンジョンの中に入った。すぐに景色が変わり、目の前には広い石造りの通路がどこまでも延びている。

ダンジョンには基本、地図が無い。

一度入ってからの帰還方法は限られるし、周辺に現れる魔獣の性質からランク分けがされるだけだ。帰還方法が限られているため、わざわざ地図を作る目的で潜る人間はいない。だからダンジョンの地図は出回らない。

今回の場合は、周辺に現れるダンジョンの中から出てきた魔獣が周辺の植生と合わないことから、特殊個体のいるダンジョンとしてあらかじめギルドで認定・調査済みだ。

帰還石を持った調査隊によって、ミリアの望む魔法触媒ともなる剣の存在を知ることとなった。

ダンジョン内部は石とレンガでできた都市のようになっているらしい。迷宮型、と呼ばれるものになる。

当然ながら住居というものもなければ、人が住んでいるわけでもないのだが、ところどころに魔獣の出ない小部屋や水を得る場所がある。魔獣の出現が無い場所はスイートスポットと呼ばれる安全地帯だ。

一見しただけではトラップであることが多いが、小部屋は見て回る方が総合的に得だ。

ダンジョン外への魔法陣もその小部屋の中にあることが殆どだからだ。

そして広い街道のような通路、石の壁。そのあらゆるところから魔獣が出現する。だが、倒した魔獣の死体は一定時間たつとダンジョンの中に吸収されていく。

ダンジョンの中では素材さえ剝いでしまえば、魔獣の死体の処理をしなくてもいい。

内部では昼夜は無く、常に明るい。火を焚くのは主に暖を取るためと煮炊きをするためだ。

灯りが無いのに明るいというのもよく分からないが、研究者の間ではダンジョン自体が魔力の塊で出来ていて常に発光している、という説が有力だそうだ。

ドラコニクスの爪でも傷つかない石畳を、ミリアとガイウスが並んで進んでいく。

背後で、石の扉が重たい音を立てて閉まった。

何かに気付いたシュクルが一度落ち着かない声をあげたが、ガイウスは不思議に思いながらも長い首を撫《な》でて宥《なだ》めてやる。

ダンジョンの入り口は一つではないのも特徴だろうか。

複数あるのだが、同じ模様の入った扉が同じダンジョンへの入口だ。どこに、いくつ出現するかは完全にランダムで、扉を見つけた人間は扉の模様や周囲の魔獣を冒険者ギルドに報告する。

そして、ダンジョンに挑む時にも冒険者ギルドに報告する。今回はミリアが申請したが、ギルドの職員にも隣にいるのが変装したガイウスだとバレバレだった。

――二人きりのパーティだから、先頭はガイウスが、斜め後ろにミリアが控える形で進んだ。索敵はガイウスの方が得意である。

前からの敵ならミリアとすぐさま入れ替わればいいし、後ろからの敵ならばガイウスがそのまま直進して振り返れば距離が取れる。その辺は打ち合わせたし、ある程度洞窟で訓練も積んだ。

中はまるで石造りの巨大な迷路だ。下に向かって階層があり、道は幾重にも分かれ、罠《わな》もあり、入れば出る方法も限られる。

顔馴染《かおなじ》みの店にいくつも顔を出し、なんとか買い付けた帰還石は一つ。

二人きりでのダンジョン攻略は初めての事だから、ガイウスにとって準備しすぎるということは無い。

目指すは杖《つえ》の代わりに魔法触媒にもなる剣。そのための、ダンジョンボスの撃破。

まずは安全に過ごせるスイートスポットか帰還用の魔法陣を見つけられればいい。

水も食糧もアイテムも一ヵ月は過ごせる程度には蓄えてきた。……お陰でガイウスの田舎のスローライフ用の資金はかなり削られたが、それはまた稼げばいい。

「ガイウスさん」

「ん？」

「……この冒険が終わったら、私の話、聞いてもらえますか？」

「うん？　うん、もちろん」

「はい！」

今言えばいいのに、とガイウスは思ったが、区切りというものがあるのかもしれない、と深く考えずに返事をした。

ミリアとの信頼関係はガイウスにとって心地がいいものだ。ずっとこういう関係でいたいと思う。コミュニティに所属するには早かった自覚があるが、丁寧にミリアとの共同作業を繰り返す事でその苦手意識も取り除かれていった。

ダンジョンの小部屋を覗《のぞ》きながら進んで行くと、さっそく壁や床から魔獣が生まれてきた。ドラコニクスと同じように鱗《うろこ》に覆われているが、ずんぐりむっくりとした背の低い魔獣だ。

首の周りに盾のような厚い装甲があり、四つ足で、全身が鱗に覆われていて、額と鼻先に角が生えている。

サイケノスという火山帯に住む竜種だ。角で刺す、または、その頑丈な体で突き飛ばすために突進してくる。

ガイウスの目の前に出現したので、素早くミリアを前に出してガイウスは下がり、腰の短剣の位置を確認し、魔法弓を片手に構えながら片手はインベントリを素早く開く。

シュクルの手綱は離したが、慣れたドラコニクスは主を振り落とすような真似はしない。脚だけで意思を汲《く》み取って自在に動いてくれる。

ミリアはそこまで慣れていないので、ルーファスから素早く降りた。乗ったまま戦うことはできなくとも、彼らの間にも信頼関係ができている。ルーファスはミリアと共に前線で戦うつもりで後ろ足で地面を蹴っている。

「お願いします、ガイウスさん！」

「任せろ！」

ダンジョンでは魔獣が生まれ出てくる。

餌は要らず、死骸や血などの構成物質は放置しておけばダンジョンに吸い込まれて行き、素材を剝ぎ取れば素材はそのまま手元に残る。

さて、ガイウスもこの魔獣《サイケノス》と相対するのは久しぶりだ。

一番最初に参加した大討伐戦以来かもしれない。それだけ、本来は王都からは遠方にいる魔獣なのだが、なんの冗談か王都に近い森のダンジョンに出てきている。

これは確かに特殊個体と言っていいだろう。

今は広い通路の両側に壁があり、目の前の魔獣の後ろには通路が長く延びている。

通り過ぎて来た背後の地形はガイウスの頭に入っている。背後から襲われるような死角は無かったし、この場で一度魔獣が生まれたら、暫くは魔獣は生まれてこない。

いつも通り視野は広く持つ。ガイウスは索敵と魔獣の観察を同時にやってのけた。

目の前にいるのは五体の、硬い鱗を持つ、角の生えた竜種。

【魔法剣士】の、どちらかといえば技巧と素早さが売りのミリアにとっては多少相性が悪いかもしれないが、竜種は基本的に雷に弱い特性を持つ。

鱗は火や水に強いのだが、雷はすんなり体内に通してしまうという性質がある。

「ミリア！　サイケノスという竜種の一種だ、雷の魔法を使ってまずは動きを鈍らせてくれ！」

「はい！」

ガイウスの観察眼も絶対では無いが、ミリアにとっては先輩であり、これまでの戦闘もガイウスの指示で乗り切れた部分が多い。

どう戦うかまでは指示しない。そこはミリアの領分であり、ガイウスはそれを侵さない。

ダンジョンでの戦闘の特異なところは、魔法の威力が上がるところにある。敵も味方も関係なく。

そのうえ、床と壁と天井がある。洞窟ではこれを想定しての訓練を行ったが、自然の洞窟ではあまり火属性の魔法は使えなかったり、魔法を使う事で後に被る不利益を考えなければいけないが、ダンジョンの中ではそれを考える必要がない。

ミリアが杖を構えて詠唱している間にサイケノスが前脚で地面をかく動作をしはじめた。突進する気なのだろう。

詠唱が終わる時に対象がその場に居ないと魔法は命中しない。

足止めのためならば、そう長い詠唱の魔法ではないはずだが、インベントリから金属製の投網《とあみ》を取り出したガイウスは一瞬でドラコニクスの機動力に任せて近付き、サイケノス五体の上に投網を乗せて動きを妨害し、素早く離れた。

「『サンダーレイン』！」

離れるのが遅れたらシュクルもそのまま雷魔法の餌食だ。

様子見をしていたサイケノスに対して、個別に魔法をぶつけるのではなく範囲魔法で雷を降らせるのは正解だとガイウスは判断した。

ガイウスの足止めも功を奏し、サイケノスは電流に麻痺《まひ》して一時的に動けなくなっている。

金属の網にとらわれた一団に、ミリアが一気に距離を詰めて手前の敵から鱗に覆われていない目を突き刺しながら走り抜ける。

まずは脚、次に視界を奪い、多対一の戦闘の肝をしっかりと押さえた動きで確実に仕留めていく。

ガイウスはいつでもサポートできるよう魔法弓を構えており、ミリアが斬り込みにいった反対側の魔獣に対して的確に目を狙い、火力はさほどでもないが『投擲《とうてき》』スキルで命中率を高めた魔力の矢を当てていく。

五体の目を潰した時には、ギャオギャオと痛みと痺《しび》れ、暗くなった視界に魔獣たちが鳴き、居場所を伝え合っていた。

その隙にミリアは魔獣たちの後ろに回ってドラコニクスから飛び降り、お得意の地面すれすれな低い姿勢での突進で鱗におおわれていない腹を切り裂き、そのまま胸部にある心臓を狙って刃で抉《えぐ》る。

ミリアの剣の方が、ガイウスの投げた金属の投網よりずっと強い。糸でも切るようになんの障害もなく斬りはらい、素早さと技術で斬るミリアにとって脚運びの支障にすらならない。

鳴き声が弱々しくなって倒れた一体に、魔獣が警戒してうろうろと動こうとしたが、投網が邪魔をしていまいち動きが定まらない。痺れもまだ残っているのだろう。

ミリアは一体を仕留めた所で動きの変わったサイケノスの群れに対し、闇雲に角で突かれるのを避けるために、低姿勢からのバネで宙返りをしてガイウス側に戻り、ある程度の距離を取る。すぐさま杖を弓のように構えた。

「《資格を有する我が命ずる。雷よ、矢となり槍《やり》となり、眼前の敵を貫け》『サンダーアロー』！」

短い詠唱だが、これは籠める魔力の大きさで威力が変わる初級の雷魔法だ。

弓のように杖を番《つが》えたのはガイウスの真似かもしれない。杖の先を対象に向けることで指向性を持たせるのだが、魔法媒体である杖のどこからどう魔法を発するかは術者の意思次第だ。

ガイウスと洞窟を巡る間に、『サンダーアロー』は初級の魔法なのだから一度の詠唱に籠める量を多くすれば連射できるのではないか、という話が出てこの方法に辿《たど》り着《つ》いた。要は、魔法弓の応用だ。

一矢、二矢、と残った四体の頭を貫いては倒れさせていく。竜種は固い鱗のわりに、雷を通しやすく、強烈な雷を浴びれば内側から焦げて動けなくなる。強靭《きょうじん》な筋肉だけではなく内臓もしかりだ。高い攻撃力と機動力、物理防御力、炎や氷への耐性の高さのわりに、内部に雷が届いてしまうとてんで弱い。

ただ、高位の竜種になってくると鱗の頑丈さのレベルが違う。

雷は多少の痛みにはなるだろうが、ここまでの効果は発揮しない。B級ダンジョンの、下級竜種だからできる技でもあった。

ミリアの矢が全てのサイケノスを打ち抜き焦がし、全ての個体が弱々しい声をあげて倒れた。

シュクルを置いて倒れた五体の魔獣の傍にガイウスが近寄る。ミリアも剣の血をボロ布で拭いながら近付いて来た。

ガイウスが解体用の短剣を取り出し、一応心臓と思われる場所を突きさして止めを刺していく。万が一生きていて、素材の剝ぎ取り中に暴れられて、鋭い爪で抉られては大けがの元だ。

「お疲れ様。ミリアは強いな。俺と二人だけの戦闘にもよく慣れてくれた」

「はい！　私、ガイウスさんと冒険するの、楽しみにしてたので、アタッカー一人でも怖くはありません！」

「少しは怖がってもいいいんだけどな……？」

　戦闘後の興奮から元気に答えられたが、ダンジョンの中では一度魔獣が生まれたら次はもっと奥に進んでからしか生まれてこない。

　解体用の短剣は二人とも持っているので、鱗を剝いでみた。肉や内臓は焦げていて食えないようだし、そもそも、知っているどんな魔獣よりも酷い悪臭だった。

　どんな生態だ？　とガイウスは眉をひそめたが、焦げていない、ミリアが斬って殺した竜種の腹を見て納得した。

「ミリア、ここの魔獣は特殊個体だって言ったよな……？」

「はい。特殊個体、以上の情報は無いんですが……何か分かりました？」

　難しい顔でガイウスは別の魔獣の腹も開いて確認する。

　こちらは焦げているから多少マシだが、これは腐臭だ。あまり嗅いでいると毒の状態異常になるので、インベントリから清潔な布を二枚取り出してミリアに一枚渡し、鼻から下を隠すようにガイウスが布を巻くと、ミリアも真似をして同じように布を巻いた。

「ハーフアンデッド……、一見は普通の魔獣だけど、たぶんここのダンジョンの魔獣はアンデッド属性を持っている。こいつも、内臓や肉が腐っている。焦げているせいかと思ったが……最初に雷魔法で焼いてなかったら、こいつは動き出していたかもしれない」

「ハーフアンデッドって……そんな事、あり得るんですか？」

「ダンジョンなら、あり得る。今回は竜種で分かりやすかったけれど、氷や水、風魔法はあんまり効き目がないかもしれない。聖属性のスクロールは買えるだけ買ってあるから……なんとかなるとは思うけど」

「私、聖属性は回復魔法くらいしか……」

「回復魔法は抑えて行こう。ミリアが唯一のアタッカーだ。それに、ハーフアンデッドなら聖属性のスクロールとミリアならできる戦い方があるからな。さて、これじゃあ素材にもならないし先に進むか」

ガイウスはサイケノスたちの死体の奥に立つと、シュクルとルーファスを呼び寄せた。ちゃんと投網や死体を避けて二体は主人の元に近づく。

アンデッドの腐肉に汚れた手を、インベントリに入れておいた小さな樽《たる》の水で洗って、ドラコニクスに二人は跨《また》がった。

ガイウスとミリアはドラコニクスをとことこと歩かせながら、ハーフアンデッドについて話していた。主にガイウスが説明し、ミリアが聞く形だ。

「ハーフアンデッドの厄介なところは、外側はアンデッド属性じゃないって所だ。で、有利なのは、内側がアンデッドだから斬り込めさえすれば聖属性の大きなダメージが入る」

「でも、スクロールの数は有限ですよね？　ダンジョンを全て攻略できる程たくさんは買ってきていませんし……」

「魔法のスクロールには二種類の使い方がある。まぁ一種類は裏技というか、【アイテム師】の『鑑定』ありきであんまり普及してないんだけど……」

「ど、どんな使い方なんです?!」

ドラコニクスを歩かせながら、ガイウスは聖属性魔法のスクロールを一つ取り出した。巻物状になっているそれには魔法が籠められている。一枚につき一回、という制約付きだが、その魔法を取得していなくても使える、というのがスクロールの便利なところだ。

「このスクロールを剣に巻き付けて発動してみてくれ。大丈夫、無駄撃ちにはならないから」

「は、はい」

戸惑いながらスクロールを受け取ったミリアは、一度ドラコニクスの歩を止めて剣にスクロールを巻きつけ、普通にスクロールを使うように手を当てて魔力を流し込んだ。

魔法のスクロールは一回分の魔法が籠められているが、それはあくまで魔法を籠めているだけであって、魔力は当然術者の物を使わなければいけない。

「そのまま魔力を籠め続けて……そう、もう少し……」

「なんだか……剣に魔力が……移っている？」

「よし、もういいよ。スクロールも役目を終えたようだ。『聖属性のエンチャント』がされた剣の完成だ」

「エンチャント?!　これ、エンチャントに使えるんですか?!」

「そうそう。まぁ【僧侶】か【魔法使い】がエンチャントを使えるなら特に必要ないんだけど、誰でもスキルや魔法の取捨選択はするだろう？　エンチャントは最初は重宝されるけど、だんだん火力や他の補助魔法の方が大事になってくるから、こうしてスクロールで補ったりする」

ただ、もうその段階にきている【僧侶】や【魔法使い】は聖属性の攻撃魔法も優先して取ってあるから、あまり出番は無いんだけど、ともガイウスは付け加えた。

人の記憶力には限界がある。最初に覚えていたとしても、使わなくなったら忘れていく。『三日月の爪』が日常生活に支障を来《きた》したように、戦闘面も変わらない。

スキルや魔法にも、それぞれのジョブで覚えられる限界というものがある。

そこを補う何か……サポーターがいれば、ある程度こうして応用が利く。

『三日月の爪』にとっては生活不能、常識破壊の元凶でもあるが、ガイウスがいたことによってアタッカーの攻撃の幅はかなり広がっていた。

自らガイウスを切り離したうえに代案が無かった様子なのは、ガイウスも頭を抱えてしまったのだが……今はバリアンが『三日月の爪』についている。何も心配ないだろう。

そして魔法やスキルを取捨選択したパーティに【アイテム師】がついていれば、アイテムという形で補うことができる。

誰であろうとなんでも完璧にできる必要はない、とガイウスは思っているし、だからこそ自分はできることが多い【アイテム師】に甘んじて火力には一切手を付けなかった。

リリーシアがいればある程度サポーターの役目は果たせるだろうが、リリーシアのサポートはどちらかといえば、やることの幅を増やすのではなく、得意を伸ばす、または、敵の得意を奪う、というサポートだ。

それもまた一つの形であり、その方がやりやすいというパーティもあるだろう。

火力が高い戦士も、防御力が高い盾役も、補助魔法も攻撃魔法も、ガイウスには自分の性には合わないと感じた。

【アイテム師】ならばどこでも潰しがきく、という思惑もあった。

一人で生きるという無意識の表れだが、ミリアとの冒険は誰かと生きていくという気持ちを『三日月の爪』に加入した時のように思い出させてくれる。

聖属性のエンチャントに感動しているミリアから空のスクロールを受け取ってインベントリにしまった所で、新たな敵が地面から生まれてきた。

今度は白い毛皮で大きな狼型《おおかみがた》の魔獣、フォレストウルフのようだ。しかし目が灰色に濁っている。この群れもハーフアンデッドだ。

「ミリア、今度は剣がそのまま通る！　支援するから好きに斬り込め！」

「はい！」

インベントリは表示したままガイウスもシュクルで下がった。自分の魔法弓にも聖属性のスクロールを当てて魔力を吸わせていく。

鱗と違って毛皮ならば魔法矢が通る相手だ。フォレストウルフの数が多いため、ミリアの動き、敵の動きを観察して、後方に構えているフォレストウルフに当たるよう『即時判断』と『投擲《とうてき》』を駆使して跳弾を連続で放つ。

『即時判断』でどこに矢を打ち込めば跳弾するのかを判断し、『投擲』で確実にその場所にその角度で魔法矢を打ち込むことで、前線で戦うミリアを邪魔せず後方のフォレストウルフに攻撃できる。

ミリアの剣筋をガイウスは観察して覚えた。低い姿勢からの斬り込みと、その姿勢と走った勢いを利用した跳躍による翻弄、そして杖を使わない低級魔法で動きを止める。

【魔法剣士】の戦い方としてはまだ初級だが、このダンジョンで手に入るという魔法触媒の剣を得ればもう一段上の戦い方ができるようになるだろう。

アンデッド系には氷魔法の効きが弱い。なので、ミリアは低姿勢のまま走り寄りつつ聖属性エンチャントの剣から繰り出す『波動斬』のスキルでフォレストウルフの脚を中距離から狙う。

さらに、近距離に迫った所で的確に、敵の動きを止める事に終始した。

後方のフォレストウルフにはガイウスの聖属性矢による跳弾が効いている。

足止めに何発も撃っている間に、ミリアは一度後ろに下がるため素早く宙返りをし、空中で剣を納めて杖を構えた。

【魔法剣士】は本来魔法的要素を剣技に組み合わせて使うのだが、今はそのスキルよりも範囲魔法の方が効果が高い。敵の前衛も後衛も足止めができたならばなおさらだ。

そしてここはダンジョン。洞窟と違って火属性の魔法で酸素が足りなくなる事はない。

「《資格を有する我が命ずる。炎よ踊れ、輪となり敵を焼き尽くせ》『ファイアストーム』！」

中級魔法だが、アンデッド系には聖属性と炎属性がよく効く。

フォレストウルフの素材が目的ではないため、一気に燃やし尽くすためにミリアは極太の火柱をフォレストウルフたちにお見舞いした。

炎の熱波がガイウスにまで届く。聖属性攻撃で足止めをしたうえで（通常攻撃のみではアンデッドの場合気にせず動いてしまう）ここまで徹底的に燃やし尽くせば殲滅《せんめつ》できただろう。

火柱は骨を灰燼《かいじん》に帰すまで燃やし尽くして、やがてゆっくりと消えていった。素材は残らなかったが、焦げたダンジョンの床の上に魔法石がコツン、コツン、といくつか落ちる。

ダンジョンの魔獣はダンジョンから生まれる。こうして魔力の塊である魔法石が落ちる事も稀《まれ》にある。

「やったな、ミリア」

「はい！　聖属性のエンチャントはどの位効果があるんでしょう？」

「籠めた魔力にもよるけど、あと二時間は持ちそうだ。いいスクロールを買っておいてよかった」

「なら、今日中に次の階層の道くらいは見つけられそうですね」

「だな。魔法石は預かっておくよ、後でギルドに持って行ってくれ」

「はい！」

魔法石は、火付け石などの簡易な魔導具から、複雑な魔導具の動力源になったり杖や剣などの武器に使用して属性を与えたりもする。

魔法弓も魔法石を使った魔導具の一種だ。ガイウスが使っているのは無属性の魔法弓だが、こちらも存分に魔力を持たせたので同程度の時間はエンチャントが切れることはないだろう。

ハーフアンデッド対策にもまだまだ魔法のスクロールは残っている。この調子で進んでいけばいいだろう、と順調な滑り出しでガイウスたちはダンジョンの奥へと進んで行った。

◇◇◇

ガイウスたちがダンジョンに入ったのと同じころ、別の入口の前に『三日月の爪』とバリアンはたたずんでいた。全員ドラコニクスに騎乗している。

しっかりと世話をした結果、シュクルというリーダーから離れてもドラコニクスたちは『三日月の爪』をそれぞれ主として認めるようになった。

「じゃあ、行くぞぃ」

「はい！」

「……久しぶりだな」

「き、緊張しますぅ」

「ま、ダンジョンは洞窟と違って火属性撃ち放題だしね。私は楽しみ」

バリアンの言葉に『三日月の爪』は様々な感想を口にしながら、ドラコニクスに乗ってダンジョンの入り口に近付いた。

分厚い石造りの扉が開いていく。隙間から、延々と続く石畳の広い通路が見えてきた。

B級でありながら特殊個体の出現で攻略者が今のところいない、放置されているダンジョンだ。

『三日月の爪』のテストにはちょうどいい。もちろん、バリアンはこのダンジョンにミリアとガイウスが挑んでいることを知っていて黙っているのだが。

先頭をグルガンが進み、次いでハンナ、リリーシアと続き、しんがりをベンが務める。ダンジョンでは魔獣がいつ出て来るか分からない。出て来た時に素早く戦列を整える必要がある。

本来ならベンが先頭を進んでもよいのだが、ダンジョンでは魔獣が生まれるため、前よりも背後の警戒の方が重要になってくる。

背中から襲い掛かられた時に、ベンが対応したほうが一番隊列を整える時間を稼げる。逆に、前方ならばグルガンがベンが上がってくるまでの時間を稼げる。

バリアンはお目付け役なので、今日はその一団から少し離れた所を単独行動する。

バリアンにとっては単独行動でも問題ない水準のダンジョンであり、また、バリアンを助けるように動ける程度には『三日月の爪』の視野は訓練により広がった。

安心してついていける、とバリアンは四人の背中を見てうっすら笑った。

背後で石の扉が音をたてて閉まったが、誰も振り返らない。

ダンジョンをクリアする、そうすればバリアンからの口添えで、全ての非常識を清算するために動く事ができるかもしれない。今はまだ、誰かに謝る、その資格すらない。

ランクはA級かB級に落とされるかもしれないが、グルガンたちは、久しぶりに自分たちが戦闘員ではなく冒険者だという事を胸にダンジョンに挑んでいる。

ダンジョンに挑む、それをこの五人の誰もが楽しみにしている。

今回は完全にダンジョンを攻略することが目的のため、グルガンたちは迷いなく道を進んだ。

小部屋などには見向きもしない。ただ道を進むだけならばトラップはほとんどない。

それでもドラコニクスを無理に走らせることはなく、一行は粛々と進む。

「特殊個体、って言ってたけど具体的には？」

ハンナが道中でグルガンに訊《たず》ねる。リリーシアもベンも気になっていることだったが、情報が変化しているらしかった。

「いや、それが……バリアン老師と申し込みに行ったときには、なんだかよくわからない説明だった。周辺に現れる魔獣の特徴が、元の生態に戻っていってるとかで」

「そんなこと、ダンジョンがあるのに……ありえるんでしょうかぁ？」

「聞いたことはないな」

バリアンもそこは気になっていた。ダンジョンが攻略も消失もしていないのに、周辺の生態がもとに戻る……ダンジョンの影響がなくなるというのは、考えにくい。

何かしらバリアンの経験も想像も超えた出来事が起こっているらしい。

「……なんだか、ダメな気配と臭いがしますぅ……」

一番索敵の才能を発揮したのは、リリーシアだった。

彼女はグルガンたちと出会う前、修道院で修行していた【僧侶】だった。修道院では常に清潔と平穏が保たれ、その中では感情を揺らしたというだけでも大きな変化となる。

魔獣や不潔な臭いといったものに実はこの中で一番敏感であり、【上級僧侶】となった今、より一層気配に敏《さと》くなっている。環境によって作られた才能だったが、ガイウスがいる間はその能力はなりを潜めていた。

その彼女がドラコニクスの歩を止めた。従って、全員がドラコニクスの歩を止める。

ベンの後ろで、魔獣が生まれてきた。

「サイケノス?!」

「ひっどい臭い……アンデッドなの？」

驚いたベンが急いでドラコニクスから飛び降り、バリアンがベンの後ろまで下がった所で盾を構えてスキルで障壁を作る。態勢を整えるまで、突撃されるのは痛い。

ハンナの疑問に答えたのは、バリアンだった。

「ハーフアンデッドだ……！　そんな報告はきておらんぞぃ」

バリアンは当然、帰還石を持っての調査報告も聞いている。サイケノスが出てくるということは把握していたが、それがハーフアンデッドとなると、また事情が違ってくる。

手も口も出さない予定だったがこれは完全に誤算である。

バリアンは『三日月の爪』ならばある程度の変則的な事態にも対応できるだろうと思ってはいたが、これは予想外と言わずにはいれなかった。

「ハーフでもなんでもアンデッドなら、俺の本領発揮だ」

ドラコニクスを器用に方向転換させて、静かな声で言ったのはグルガンだった。その声の落ち着きに、『三日月の爪』の全員の気が引き締まる。

やることは、何も変わらない。

アンデッドとの戦い方なら心得ている。そもそも、魔獣との戦い方を心得ている。この魔獣とは初めて戦うが、有名な小型竜種である。知識もある。

静かな自信と緊張が全員に満ちていた。

バリアンは少しだけ驚いて、それからそっと最後尾に下がった。いざとなれば自分がサポートするが、今のところは任せて大丈夫そうだ。

「行くぞ！」

気合と共にドラコニクスをサイケノスに向かって走らせる。

走り抜けざま、グルガンに一刀両断されたサイケノスを、素早くハンナが燃やし尽くした。

【パラディン】……聖騎士であるグルガンは、エンチャントを必要とせずにただ斬るだけで聖属性が斬撃に乗る。

前衛の攻撃役として、このハーフアンデッドだらけのダンジョンでは無類の強さを発揮するだろう。

ベンが挑発して集めたサイケノスをグルガンが斬って、そこを【上級僧侶】のリリーシアが浄化するか、【黒魔術師】のハンナが炎属性の魔法で焼き尽くす。

数の不利はあっても、今は複雑な戦況になれば声掛けもするし、単調な敵ならば声掛けなしで自分が何をすべきかを、『三日月の爪』は理解できるようになっていた。

――そうして、ダンジョンに潜って三日、もう五つは階層を降りている。

B級ダンジョンと聞いていたから、長く見積もっても残り半分だろう。

「その先の小部屋に水場があるぞい。罠も無いしそこで休むか」

「はい、バリアン老師」

「魔力も少し吸えそうですね」

「そうね、ダンジョンの水はそこがありがたいわ。持って帰れないのが残念」

「……ただの水になるからな」

ダンジョンの水場は魔力や体力の回復を促進する効果がある。

そこら辺の水源よりも綺麗《きれい》で、祝福された水と言ってもいいだろう。

とはいえ、ダンジョンから出た途端にただの水に変わってしまう。

一説では魔力で出来ているというダンジョンだからこそ水にまで魔力が込められていて、常に周囲から魔力を吸い込んでいるのではないかと言われている。それならば、魔力の濃いダンジョンから離れればただの水になるのも納得だ。

皆がドラコニクスを進めてバリアンの示した小部屋に向かう中、グルガンが剣を眺めて考え込んでいた。

暫く敵は湧いてこないから誰も警戒を緩めた様子を止めなかった。

グルガンは、剣を眺めながらガイウスと離れて最初にサンドイッチを齧《かじ》ったあの朝のように思いを巡らせる。

（ガイウス……お前がいたから、俺達はここまで強くなった。何も見えていなかった……、もう町を去ったお前は、どこでも重宝されているだろうけど。このダンジョンをクリアして、『三日月の爪』がまたS級のパーティとして名声を手に入れたら……お前は、戻ってきてくれるだろうか）

他のメンツにはまだ言えない。

まだ、自分だけがその事に気付いているとグルガンは思っている。

ガイウスのやっていた超人的な家事仕事と雑務、アイテム処理、買い物から交渉と何から何まで、バリアン指導の下でようやく『三日月の爪』は常識的なラインにきた。その後のパーティの運営に関わる書類仕事や金銭管理までバリアンに教えられると、今度はひぃひぃ言いながら全員で覚えたのだ。

その分、当然鍛錬の時間は減った。これまでが異常だったのだと理解できる。

グルガンたちがまだ二十歳前後で上級職まで上り詰める事が出来たのは、全ての雑事を忘れて鍛錬に専念できたからだ。いや、恋愛もしていたが、ガイウスは恋愛する暇もなかっただろう、というのはバリアンの指導が始まってから理解できた。

そんな中で、邪魔だから、とガイウスに対して思い、感じ、表向き申し訳なさそうに金で片を付けた自分たちが、今は恥ずかしい。

ガイウスがいなければグルガンの剣はこのダンジョンで猛威を振るう事はなかった。

やっと、心の底から、グルガンは「ガイウスに対して恥ずかしい」と思えたのだ。

自分たちは火力の面では圧倒していただろう。だけれど、ガイウスが居なければその火力も役に立たない程、ガイウスに依存しきっていた。

野営中に装備を解くなんて確かに馬鹿のやる事だ。バリアンが改めて叱りつけてくれなければ、依頼を受けても帰ってくることすらできなかっただろう。それどころか、回復薬の使い方すら危うかった。

いろんなものの積み重ねでここに立っている。ガイウスを切ったのは自分たちなのに、グルガンは後悔よりも、恥じているからこそ恥ずかしくない今の自分たちを見て欲しいという気持ちが強かった。

——もう一度、というのは贅沢《ぜいたく》な願いだ。だから、せめて、このダンジョンをクリアして、【パラディン】グルガンの、『三日月の爪』の名前を、どこかで聞いて欲しいと願う。

そして見知らぬ酒場で「あいつらと一緒に冒険していたんだ」と自慢に思ってくれればいいと思う。

いっそ、「あいつらを育てたのは俺なんだぜ」と言ってくれてもいい。『三日月の爪』は誰もそれを否定しないだろう。

グルガンはそっと剣を鞘《さや》に戻して皆を追いかけた。

今は、このダンジョンをクリアする事。まずはそこから始めて、ガイウスが自慢できる元仲間として名を上げたい。

「グルガン～、おいてくよ！」

「今行く！」

ハンナの声に、グルガンはドラコニクスの足を速めて、今日休む予定の小部屋に向かって行った。

◇◇◇

「くそっ、厄介なのが……！」

目の前に出現した、遠目なのに見上げる程大きい黒馬に似た魔獣を見て、ガイウスは知らず悪態をついた。

黒とも紫ともつかない禍々《まがまが》しい煙を纏《まと》って出現した魔獣の名は、ナイトメア。攻撃系の魔法を使う魔獣はゴブリンメイジに始まりハイオークやオーガ、グリフォン、ドラゴンと羅列すればきりが無いが、ナイトメアは特殊だった。

太い脚に長い鬣《たてがみ》、ハーフアンデッドだとしたらなおの事やっかいな敵だった。

「ガイウスさん、あれは……？」

動く様子の無いナイトメアに、下がれ、と腕で指示されたミリアがガイウスの少し後ろから不安げに尋ねる。ガイウスが動揺する姿は、ここまで見てこなかった。

「ナイトメアって魔獣で……向こうから襲ってくる事は、ないんだが……ここまでの道に先に進むところが無かったから、どうしてもアレを倒さないといけない」

「何か特殊な魔獣なんですか？」

「あぁ、特殊も特殊……あいつの間合いに入ったら、精神を食われる。心臓が動いているだけで、意識は取り戻せない。あとは緩やかに死ぬだけだ。遠距離で攻撃するのが定石なんだが……二人組だからな。どうしてもヘイトが分散できない。攻撃されたらさすがにアイツも動くし、間合いに入ったら精神を食いに来るだろう。多少は時間を稼いで横をすり抜けられないことも無いけど……」

「追ってくる、とか？」

「そうだ。ドラコニクスよりはるかに速い脚で、だ」

ミリアは驚いて目を見開いた。

ドラコニクスは扱いが難しい分、敵には怯《ひる》まないし、かなり足が速い騎獣だ。そのドラコニクスより速く追ってくるうえに、間合いに入って暫くしたら肉体ではなく精神に干渉してくる。

これは確かに厄介な敵だ、とミリアはじっと目の前の黒馬の白く濁った目を見た。そこに何の感情も無く、むき出しにした歯の間から漏れる紫の息に背筋が凍るような恐怖を覚えた。

この魔獣を一撃で倒す魔法は、ミリアの手持ちには無いのだと思い知らされる。

「倒せない事も……無いな。俺とミリアが協力すれば、だけど……うまくいくかはちょっと賭けだ」

「……どんな作戦かお聞きしても？」

そうしてガイウスが話した作戦に、ミリアは呆れて喉元まで「正気ですか？」という言葉が出かかった。

辛うじて飲み込んだが、それは普通……人間がやろうという作戦では決してない。

「理論上は別におかしなことは無い。間にスクロールも嚙《か》ませるし、これで俺の魔法弓でヘッドショットが決まれば一撃だ。ただ、俺だけだと魔力が足りないし、威力も出ない。額に当てた所で変にヘイトを買うだけで、一気に襲い掛かられるかもしれないから……」

「だからって、私の最大威力の魔法をガイウスさんの身体にエンチャントする、なんて前代未聞ですよ?!」

「まぁ……ダメだったらダンジョンは諦めて、ミリアには来た道を戻ってもらう事になるんだけど」

帰還石を持たせるくらいの余裕はあるだろう、とガイウスは付け加える。

「それ、自分が死ぬ前提で言っていますね……?」

「……うーん、どうなんだろう。なんか不思議な感覚なんだ」

ガイウスは怒ったミリアに詰め寄られたことで、腕を組んで考え込んでしまった。

ナイトメアはひとまず間合いに入るまでは何もしてこない、という余裕があるからではあるが、ミリアとしてはさっさと目の前から居なくなりたい位怖い魔獣である。

なのに、ガイウスは慌てる様子も無ければ、失敗するつもりも無いように見える。

「なんでだろうな? 俺、『三日月の爪』に居た時には戦闘は全部任せる、俺はサポート、って割り切っていたから、こんな提案は絶対しなかったんだけど。ミリアと二人で戦って、冒険して……今、死ぬ気は全然してないんだよなぁ。魔法弓は俺の魔力を……意思と魔力で威力もあがるけど、勝手に使って矢を撃ちだす武器だが狙いは俺が定める。魔導武器だからな。で、ミリアは近距離が得意だし、ヘッドショットを狙うなら俺が適任なわけで……でも、魔力も俺よりずっとあって？ なんかよく分かんなくなってきた。でも、なんだろうな」

「……」

「心配ないよ。俺の事を信じてくれ、ミリア」

そうガイウスが笑ったことで、ミリアはナイトメアに対する恐怖を一瞬忘れて、その笑顔に見惚《みと》れてしまった。

なんの驕《おご》りもなく、悲観もない。安心しきった顔でミリアに笑いかけるガイウスの顔は、こんな場合だというのにひどくミリアの心臓を速くさせた。

そんな場合では無いと分かっている、けれど、ミリアの心臓はうるさい程に跳ねた。速い鼓動に、自然に自分の胸元で腕を組む。

「ぜ、絶対、死にません！」

「うん、死なない。生きて、あいつを突破して、先に進もう」

ミリアは目を伏せて少し考えたが、ガイウスがそう言うならば、と決意を新たにして顔を上げた。

どの道ドラコニクスに乗っていても逃げられはしない、一撃必殺で倒さなければならない敵だ。

ガイウスは絶対に倒せるだろうという不思議な確信とはまた別のところで、ナイトメアがB級ダンジョンにいるというのも……よほど条件が揃《そろ》えば無い訳ではないだろうが、そうなるには相当な悪運がなければありえないことだと考えていた。

A級の前衛・後衛サポーターが揃ったパーティでも逃走を考えるような敵である。悪魔種、と呼ばれるこれまた特殊個体の魔獣だ。

これでまだダンジョンボスではない。ガイウスはこっそり気持ちを改めた。

こういった、厄介な魔獣が出現するダンジョンは普通に考えればS級に該当する。

特殊個体の魔獣が出る、という情報が他のB級冒険者を遠ざけ、A級以上の冒険者にとっては大した旨味が無い、という状況だったことに感謝すべきかもしれない。

だが、ギルドで調査したはずなのだ。それでこの査定ではおかしい。

何か、嫌な予感がガイウスの背に伝う。何か嫌なものが、ガイウスの目の前を塞いでいるような、……孤児院にいたときのような閉塞感。

頭を軽く振って、その嫌な予感を振り払う。

ミリアに聖属性魔法のスクロールを手渡し、ガイウスは魔法弓を番えた。

ドラコニクスから降り、『投擲』のスキルを発動させ、地面にしっかりと両脚を開いて立つ。

狙うは、巨大な黒馬の額ただ一つ。

ミリアはそのガイウスの背にスクロールを開いて当てると、持ちうる魔力の全てをそのスクロールに注ぎ込んだ。

魔法を発動するはずの魔法陣が、ガイウスの背に熱を持って伝わっていく。

放たれんとする魔法が、ガイウスの身体に迸《ほとばし》り、激痛が走る。その魔力を、無理矢理魔法弓に吸わせていく。

「う……ぐ……、い、っく、ぞおぉお！」

「ガイウスさん、血が……！」

体の中を魔法が走っているのだ。肉体が耐えられず、血管が浮き上がり、体のあちこちで内側から皮膚が裂け血が噴き出す。

「いいから！　そのまま、全力で！」

「……っはい！」

ガイウスの弓を引く腕が血管が浮くほど強張り、筋肉が膨張し、内側から裂けて血が吹き出る。

さすがに顔を歪《ゆが》めたが、それでもまだ、まだだ、とギリギリまで魔力を魔法弓に吸わせて、出来上がったのは白く発光する槍のような大きな矢。

巨大な魔力の塊に、ナイトメアも流石に危機を察知したのか、こちらに向かって走りだした。

間合いに入って魔力ごとガイウスとミリアの精神を喰らう気だったが、ガイウスの方が早かった。

『投擲』……狙った場所に、目的の物をすべての地形効果を無視して正確に投げるスキル。

ガイウスの鍛え上げられたスキルは、頭を振り乱しながら走るナイトメアの額が、矢を放った瞬間どこに来るのかを確実に予測した。

ミリアに背を支えられながら、注ぎ込まれた聖属性魔法を自分の身体を媒体に魔法弓に全て吸わせたガイウスは、巨大な槍のような矢をナイトメアの額に向って放つ。

「行っけぇぇぇ！」

過ぎる威力の槍のような矢は、光の線を描いてナイトメアの頭の上半分を消滅させ、そのまま天井から跳弾して壁に当たり、巨大な黒馬の脇腹に突き刺さった。

巨大な馬体が脚を止め、ゆっくりと傾いで、倒れた衝撃の地響きがガイウスたちの元にも届いた。

その時には、もう立っていられず二人とも地べたに座り込んでいたが。

断末魔の一つも上げる事なく、ナイトメアの身体が内側から聖属性魔法で浄化されていく。

焼けるような煙をあげながら、腐食した身体が溶けて消えていく。

命の名残のように、太い前脚が宙をかいたが、そこに意思も命も存在しない。

「……成功だ。やっぱり、ミリアとならできると思った」

「成功だ、じゃないですよ！　怪我だらけじゃないですか……、も、もう、もうこの作戦は嫌ですよ……？」

「それは約束できないかな……似たような状況になったら、俺はもっかい、やろうって言う」

「……なんで……」

ミリアは半泣きになっている。

その手の中に、ガイウスは震える手でインベントリから上級の魔力回復薬を取り出してのせてやり、自分も中級回復薬を飲みながら、内側から裂けた傷を治していく。

ガイウスはまた考え込んだ。

「……仲間、だから？　かな」

「仲間……」

「パーティってほら、契約みたいな所があるじゃんか。野良で組んだりもするし。でも、ミリアとの冒険は……こう、仲間、って感じがする」

「……仲間、は、ガイウスさんにとって特別、ですか？」

「うん、すごく特別だ」

血の跡だけが残り、傷の消えた顔で、ガイウスはまた笑った。

ミリアは魔力回復薬を一息に飲み干すと、深く息を吐いた。空っぽになった自分の中に、魔力ともっと他の感情が満ちていく。

ガイウスの頬についた血をミリアが指でそっと拭いながら、微笑み返す。

「それ、私以外の人に言ったら、拗《す》ねますからね」

第六話　不意の再会、それはお互いに

「おっほっほ、こりゃやっかいなもんが現れたのう」

止まれぃ！　とバリアンに言われてドラコニクスを止めた『三日月の爪』の少し遠くに、紫光する黒い煙が渦を巻き、ダンジョンの床から巨大な黒馬……ナイトメアが生じた。

素早くグルガンがナイトメアの目を確認する。白く濁っている、これもハーフアンデッドだ。

だが、ナイトメア相手にハーフアンデッドかどうかはあまり関係ない。間合いに入るまでナイトメア自身は動かないが、間合いに入れば精神を喰《く》われる。レジストする術がない訳ではないが、【上級僧侶】であるリリーシアの魔力を大きく食う上に、素通りできるかと言えばそれは無理だ。ドラコニクスよりも速い足で追いかけてくる。

倒してしまった方がいいが、『三日月の爪』は今までダンジョンでナイトメアと当たったことはあっても、その時にはガイウスがいた。

今回ばかりはベンの『挑発』スキルで引き寄せて叩《たた》くという戦い方は通用しない。かといって、ガイウスのサポート無しに撃破することができるのか。

『三日月の爪』は改めて考えることとなった。

ガイウスのサポート……聖属性魔法のスクロールによるエンチャントの遠距離攻撃によって気を引いている隙に、あの頃はまだ【騎士】だったグルガンと【魔法使い】のハンナによる遠距離の聖属性を付与された中距離剣技と魔法で倒してきたのだ。タイミングを合わせることで、二人の攻撃が一撃となった。そのタイミングはガイウスの指示だ。

【パラディン】の攻撃はナイトメアにもハーフアンデッドにも効果的だが、グルガンは少し考える顔になった。この距離が問題になる。

遠距離に剣戟《けんげき》を飛ばすスキルもあるが、詠唱時間が掛かる上に、あの巨大な魔獣に対して一撃で命を奪うような威力は与えられない。頭を狙えないのだ。

頭の位置が高く、グルガンのスキルでは足場がなければ斬撃を走らせられない。

「なーに一人で考え込んでんのよ。要はあの馬の頭を吹っ飛ばせばいいんでしょ？」

「ハンナ……」

一人黙り込んだグルガンのドラコニクスの隣に、自分のドラコニクスを寄せたハンナが、グルガンの背中を叩いて笑う。

「あ、あの、私も考えてみたんですけど、ハンナさんの氷魔法で道を作ってもらうというのはどうでしょうか……？　もちろん、その間、攻撃の気配を悟られないように聖属性の防壁を私が張ります」

「最前線には俺が立とう。万が一、一撃で仕留められなかった時、一番レジストするのは俺だからな。その間にグルガンが首を斬り落とせばいい」

少し後ろに控えていたリリーシアとベンがドラコニクスから降りて手綱を握ったまま鞍上《あんじょう》のグルガンを見上げて提案する。

「リリーシア、ベン……」

グルガンは、まだどこかガイウスの面影を追っていた自分を、恥じた。

今一緒にいるのは頼もしい仲間だ。

自分は何も一人で戦っているわけでもなければ、ガイウスがいなくても戦えるまで鍛えてくれた人が背中にいる。

背中にいるバリアンを頼る気はさらさらない。自分たちでダンジョンを……このナイトメアというのは完全な想定外だったが……クリアするのが目的だ。

頼もしい仲間のたてた作戦に頷《うなず》くと、位置に着いた。

最前線にベンが立ち、盾を両手で構える。スキルの『多重防御』を張って、広い通路の幅いっぱいに覆う。上はハンナの魔法とグルガンの攻撃が通るので、自分の背のギリギリまでだ。守っている範囲は絶対に何も通さないとばかりにスキルに魔力を注いで強化する。

そのうえで、リリーシアの援護魔法でナイトメアの視界から、全員一時的に姿をくらませる。

こちらからは、急に目の前から消えた敵に戸惑うナイトメアの姿は見えても、向こうにはグルガンたちを認識できない。

ベンの後ろ、最後尾のリリーシアに挟まれる位置で、並んで詠唱を始めたハンナとグルガン。

杖《つえ》を正中に構えた長い詠唱により、道を形成する目的の氷魔法を繰り出そうとする。ナイトメアの動きを一時的に封じる氷の道を創り出せるほどの、大量の魔力を籠めていた。

詠唱の最中に周囲の温度が下がる。壁や床に霜が走り、ハンナ自身と杖も青白く仄《ほの》かに光る。

その隣で剣の刃に額を付けるようにしてグルガンも詠唱を始めた。

掲げた剣の刀身とグルガン自身が淡く白く発光し、周りの空気が浄化されて渦を巻く。

グルガンもハンナも、言わずともタイミングは分かっていた。ほぼ同時、しかし、グルガンの攻撃が完全に乗るように、ハンナがわずかに先に道を創りナイトメアの頭を固定するのが最適なタイミングだ。

実体のあるアンデッドは、頭を吹き飛ばすか、内臓を焼き尽くす。

そうするまで動くのを止めない。その代わり、表皮が腐り落ちていて攻撃が通りやすいのが特徴だ。

ハーフアンデッドも同じだが、外側だけが正常な生き物と同じように丈夫な皮や鱗《うろこ》を持っている分、厄介な相手だ。ハーフアンデッドだと最初に気付かなければ、倒したと思って油断した瞬間に襲い掛かられる可能性もあっただろう。

訓練中の『三日月の爪』は、戦闘面に関してだけはバリアンの指導は連携のみに絞られた。戦闘能力自体はあるが、互いにそれを殺し合ってしまっていただけだからだ。

バリアンは余裕の表情で背後から眺めている。このパーティなら大丈夫だ、という信頼がそこにあった。何も言葉も発さなければ、邪魔をするような気配も出さない。

『三日月の爪』はその信頼が嬉《うれ》しかった。

「《……凍てつく空気よ望む形をもって道となれ！》『アイシクル・ロード』！」

ハンナの長い詠唱が終わり、魔法が発動する。

その魔力の方向性を杖に籠めると、ナイトメアの下あごと首に向って氷の魔力が周囲の冷気を収束させ、美しい蒼《あお》く冷たい道を創る。本来は川を渡るとか、崖に一時的な橋をかけるという、足元から真っ直ぐに伸びる氷の道を創る魔法だ。それを、ハンナは空中で維持するだけの魔力を籠めて放った。

「《……聖なる光を宿す刃よ我が敵に向い殲滅《せんめつ》せよ！》『セイント・アニマ・スラッシュ』！」

その氷の道を砕きながらも、金色に光る魔力のこもった斬撃は真っ直ぐナイトメアの頭に向かう。ナイトメアからは認識できないところから巨大な氷の道と光の斬撃がナイトメアの頭に向かい、そして、そのままナイトメアの頭を吹き飛ばした。文字通り、跡形もなく。

砕けた氷が聖属性の魔力を纏《まと》って金色に光りながら、地上に降り注ぐ。

氷の道と光の斬撃が頭上を通っていったベンは何も怖れることなく盾を構え続けたし、後方からリリーシアは姿くらましの魔法を、二人の強力な攻撃をごまかすように調整しながら掛け続けた。音をたてて倒れた黒馬の巨体に向かい、ハンナが魔力の残りの全てを込めて炎属性の範囲魔法をお見舞いした。必ずグルガンが倒すと信じていたので、即座に詠唱に入っていたのだ。

ナイトメアの場合、精神を食べる、という特殊性から、頭を吹き飛ばしただけでは霊体化してより厄介な敵として再生する場合がある。

特に、ハーフアンデッド、もしくはアンデッド属性ならば余計にあり得る可能性だ。

高熱の青い炎がナイトメアの巨体を焼き尽して消えると、流石にグルガンとハンナは尻もちをついた。魔力も精神力もごっそり削られたからだ。

ベンとリリーシアが、それぞれ上級魔力回復薬を差し出す。どのくらい消費したのか、もう体感で理解できるようになった彼らは、魔法薬の選択も間違えない。

「ふぉっふぉ、いいのう、いいのう。よくやった！　さぁて……あと少しじゃないかの」

バリアンは一連の全てが終わるまで沈黙を貫いたが、全員が行うべきことを行ったことを褒めて手を叩いた。

ナイトメアは、ダンジョンにランダムに出て来る強敵だ。B級ダンジョンに出て来るとなると、相当運が悪くもある。

バリアンは壁を這《は》う何かの影を視界の端に捉えていた。

このダンジョンを選んだのはある意味正解であり、そして、何かしらの間違いだったかもしれない。

だが、ここにいるのがガイウスで、バリアンが知っているガイウスの過去が関わっているのだとしたら。

『三日月の爪』をダンジョンでガイウスと対面させる、という選択はやはり正解だったように思う。

ナイトメアのような、級に関係ないランダムな強敵というのは、下層に近付かなければ遭遇しない。

ダンジョン攻略の終わりが見えてきた。

暫く休んでいる間に、灰燼《かいじん》となってダンジョンに吸い込まれたナイトメアから落ちた魔法石を拾って、今日休むべき小部屋を探して奥へと進んでいく。

バリアンは、何も言わずに後ろをついていった。

◇◇◇

水場のあるスイートスポットのすぐ近くに、冷気が吹きあがってくる階段があった。

恐らくこの下が最下層だろう。

ミリアは今、天幕の中で身体を拭いている。

その程度の時間、一人で見張りをするのは苦にならないガイウスだが、女性は気を遣うんだな、などと呑気《のんき》なことを考えている間にミリアが汚れた水と手ぬぐい、桶《おけ》を持って天幕から出て来た。

水場は小さな洗面台のようなところに、獅子《しし》の頭部を象った飾りが壁についていて、その口から水が出ている。下に排水溝がある造りになっているので、水が溢《あふ》れても床まで濡《ぬ》れることはない。

その排水溝に水を捨てたミリアは、また桶に水を汲《く》み、水場で手ぬぐいを綺麗《きれい》に洗い、固く絞ってガイウスの方へ向かってきた。

横目でそれをぼんやりながめていたガイウスに対して、ミリアはにっこりと笑ってその桶と手ぬぐいを差し出してきた。

「はい、ガイウスさんの番です」

「え？　いや、俺は……」

「臭いです」

ものか。

どう見ても美少女が、美しく微笑みながら、自分を臭いと断言する。ガイウスの心境はいかがなものか。

「え……」

「臭います。ハーフアンデッドのせいだと思いますけれど、流石に一週間近く、体を拭いもしないのは衛生的に問題です。あと、臭いです」

そこまで臭いだろうか、と思ったが、服の感触もたしかにちょっとどろどろしているし、今までは自分と他人、という考え方だったので、自分の身形《みなり》などは気にもしていなかった。

今はミリアと二人でダンジョン攻略中だ。

ガイウスにそこまで何かを求める人というのが、これまではいなかった。

ガイウス自身もだ。自分のことを後回しにしてきていたツケが、こんな所にまで回ってきたのか、と少し茫然《ぼうぜん》としつつ桶と手ぬぐいを受け取って天幕の中に入った。

「魔法で服を洗浄するので、脱いだものを隙間から出して貰《もら》えますか？」

「あ、あぁ、わかった」

洗濯までしていたのか、と驚いたが、たしかに天幕から出て来たミリアの姿は返り血などは残っておらず、綺麗なものだった。

そこで、はたと気付いてしまった。下着は……下着はどうすべきだろうか、と。

替えはインベントリに入っているから、脱いだものは適当に汚れ物として麻袋に入れてインベントリに突っ込んでおくべきだろうか。それとも、好意を無にしないためにも下着も一緒に差し出すべきだろうか。

すっぽんぽんになって暫く下着を握ったまま睨《にら》めっこしたガイウスは、外から「ガイウスさん？」と声が掛かるまで悩みに悩みぬいて、やはり下着は女性に預けるべきではない、という結論に至り、下着以外の衣服と装備を天幕の隙間からそっと差し出した。

「その、洗濯を頼むよ」

「はい。水魔法と風魔法の初級ですぐ乾くので、その間に身体を拭いちゃってください」

魔法弓で無茶をしたせいでところどころ裂けた装備を受け取ったミリアは、あの無茶をしたガイウスを思って少しほろ苦く笑う。

しかし、無茶をしたのは信じてくれたから、だと思うと嬉しくもあった。

言った通りに水魔法と風魔法の初級魔法を組み合わせて風の渦の中を水でぐるぐると装備品を回し、その回転で汚れを水の中に溶かして落としていく。

その間にガイウスは自分の身体を拭った水がどんどん汚れていく事にげんなりしながら、終わる頃にはこれはもう手ぬぐいとして使えないだろう、というぼろぼろになった布と、汚れた下着を麻袋に入れて『アイテムインベントリ』に仕舞った。

これは確かに、ゴブリンの腰布程臭かっただろう、と思いながら新しい下着に穿《は》き替える。

ハーフアンデッドとの戦いで、やはりある程度腐臭も汗も衣服にしみ込んでしまっていたようだ。返り血も拭ったが、服に染み込んだものまでは気にしていなかった。

「洗濯が終わりました。どうぞ」

「ありがとう、ミリア」

また天幕の隙間からそっと差し出された装備品を新しい下着の上から身に纏い、その清潔な感触に驚きつつ、少し不器用に繕われた装備品を見て口許《くちもと》をほころばせた。

「今日の晩飯は俺が作るよ。繕ってくれてありがとう。御礼にうんと精が付くものを作るからな」

「えっ？　あっ、はい、えぇと……はい！」

精が付くもの、といわれて何を勘違いしたのか、ミリアが真っ赤になって正座をして応えると、ガイウスは不思議そうに首を傾げた。

「明日は最下層になるだろうから……どうした？　顔が赤いけど、具合でも悪い？」

「あ、はは、いえいえ、大丈夫です！　そうですよね、最下層ですもんね、精を付けないとですね！」

「？　うん、ちょっと待っててくれ」

顔が赤いミリアが何を誤解したかをガイウスは理解しないまま、ミリアもその誤解を伝えないまま、ガイウスは焚火《たきび》の薪を組み始めた。

◇◇◇

「どうした？　ミリア、眠れない？」

「あ……、はい。少し、お水でも飲もうかと……」

交代で火の番をしていたが、基本的にはガイウスが眠る時間の方が少ない。前線で戦うミリアの体力、魔力は薬で回復できるとはいえ、不眠不休でいい人間はいないのだ。

後衛にいる自分は大して動きはしない。ここは、これで平等だから、とちゃんと話し合って決めた事だった。

ダンジョンに昼夜は無いが、小部屋に設置した天幕の傍で焚火をしていると、なんだか壁に揺れる炎の色が夜を思わせる。

水場で喉を潤したミリアは、天幕の中には戻らず、ガイウスの傍に腰掛けた。

シュクルとルーファスは身体を丸めて寝息をたてている。

ぼんやりと上がる火の粉を、ミリアは眺める。焚火から赤い光が時折弾けて舞い上がり、中空で燃え尽きて消えていく。その火を絶やさないように、ガイウスは薪をくべる。

静かな時間だった。ぽつり、と話し始めたのはミリアだ。

「私は【魔法剣士】になる事を選びました。それは……ガイウスさんへの、憧れがあったからです」

「俺に？　……それで、どうして【魔法剣士】なんだ？」

「【アイテム師】の貴方とパーティを組むのに、同じ【アイテム師】では不向きですから。その、ガイウスさんになりたい、のではなく、ガイウスさんと一緒に冒険したい、という憧れです」

「なら、それは叶《かな》ったたな」

お互い目を合わせず、焚火を見ながらの穏やかな会話だった。

ミリアがどこでそんなにガイウスに憧れたのか、何度話を聞いてもガイウスには理解できない。

ガイウスにとって憧れる存在というのはこれまでいなかった。ただ、ミリアと一緒に居るのは、バリアンの元で修業をした時とも、『三日月の爪』とパーティを組んでいた時とも違う、なんとも言えない居心地の良さがあった。

帰属意識が欠けている。ガイウスにとっては当たり前で、それでいて、他人から見れば異端。

パーティを毎回組み直す冒険者もいる。レベル帯や相性、攻略したい場所や、ターゲットに合わせて効率的に依頼をこなしたいという者だ。しかし、そういった冒険者は何か目的があって金を稼ごうとしているか、欲しいアイテム、倒したい魔獣がいる。ガイウスにはそれもない。

強いていえば、ガイウスが求めていたのは自由だった。

物心がついてからずっと、何かをし続けなければ生きていけない、という染み付いた本能のような刷り込みから、自由になりたかった。

憧れられるような自分ではないと思うが、憧れるな、と言うのも何か違う気がして、ガイウスもまたぽつりと話をした。

「俺は……孤児院で育った。そこは、ある程度大きくなったら、身売りの準備が始まる。奴隷……労働力なのか、性的なものなのか、俺は性的な方に分類されていたと思うんだけど……見た目で変わるんだろうが。それに気付いて、……本当は貯めた金じゃなく、孤児院の金を盗んで逃げた。王都に着くころにはボロボロだったが、教会に行けばジョブが貰えると聞いて、ボロボロのまま教会に転がり込んで、運よく【アイテム師】になった」

「……」

「冒険者は貴族や商家の金があるヤツがなる事の方が多いだろう？　あとは、まぁスラムの出で普通の生活がしたいからって無理する奴とか。実力を付ければ王宮の大討伐戦にも参加できる。俺はなんだろうな、目的が無いままだから、ある程度何でもできる【アイテム師】のままでいる」

「……それを、誰が責められるでしょうか」

「責められても、変えられないしな。俺の生き方だ。……どこかの田舎に住んで、適当に仕事をして暮らすのもいいかと思っていたんだけどなぁ。金も貯まったし。――ミリア」

「はい」

ガイウスはそこで初めてミリアを見た。

一見華奢《きゃしゃ》でも、その実力は努力に裏付けられた本物だ。上級職に就くというのは、そう生半可なことではないと知っている。

ミリアの出自は知らない。彼女が話すまで、ガイウスは聞こうと思わない。冒険者とはそういう物で、それがガイウスには合っていた。

だが、彼女と過ごすうちに芽生えたガイウスの気持ち。彼女の見たいもの、手に入れたいもの、それを手伝うのは悪くない。そう思っている。

「ミリアの目的は？」

「私は……、最初はただ、魔法が楽しくて始めた冒険者でしたが、今は違います。もっと強く……このダンジョンの魔法剣を手に入れて、強くなって、今はもう忘れられた職業ですが……【精霊騎士】になりたいんです。その為に、精霊に会いに行きたい」

「【精霊騎士】？　知らない職業だ」

「家にあった古い本に記載された職業なんです。意思のある精霊と、心身一体になって戦う無双の戦士。精霊に気に入られるかどうかは本人の素質と心根次第。相性というものがあるそうなので、いつ叶うかは分からないのですけれど……精霊に会った事もないですし、話も聞きません。本当に、今は精霊自体がなかなか居ないようです。この冒険が終わったら話すつもりでした、一緒に来てくれないか、と……でも、ガイウスさんのお話を聞いたら、とても……」

王都は大きい町だ。冒険者の出入りも多い。その中で出会ったことのない職業、本の中にだけ残された、ミリアの夢。

一緒に来てほしい、と頼みたかったけれど、ガイウスを縛る何かに自分が加わるのは嫌だとミリアは思った。

逆に、一緒にそれを見届けたい、とガイウスは思い、しばし目を伏せて考えてから、もう一度向き直る。

「……それ、俺も一緒に目的にしていいかな？」

「ガイウスさん？　でも、それじゃあ貴方の自由は……」

「ミリアが夢を叶える所が見たい、が俺の目的じゃ、ダメかな？」

自分でも情けないけど、とガイウスは付け足して笑ったが、ミリアは真剣な顔で居住まいを正した。

「貴方がついてきてくれるのなら、私にとってこれ以上心強いことはありません」

「そっか。じゃあ、強くなって、精霊に会いに行こう」

その為にも、もうおやすみ、とガイウスが言うと、ミリアは花が綻ぶように笑って頷いた。

焚火の火の加減か、心なしか頬が紅潮していたようにも見える。

「はい、おやすみなさい、ガイウスさん。……約束ですからね」

そう念を押して天幕に戻ったミリアは、興奮してなかなか寝付けなかった。

自分の夢を一緒に追いかけてくれる。それも、憧れの人が。

こんなに嬉しい約束をして眠れるわけがないと思っていたが、いつしかミリアはぐっすりと眠っていた。やはり疲れているのは疲れているのだ。

ガイウスは、暫くしてから聞こえて来た健やかな寝息に、自分の目的……彼女をサポートする旅という目的を持てたことに、秘かに胸を躍らせていた。胸の奥から、誇らしさがじわりとにじみ出てくる。

明日は、ダンジョンの最下層。ダンジョンボスに挑む時だ。

ガイウスも焚火を燻《くす》ぶる程小さくしてから、シュクルを枕に体を横にした。

◇◇◇

最下層にはダンジョンボスのフロアしか無いからか、それぞれ最下層に降りる階段からはほぼ一本道しか用意されていない。

ダンジョンに慣れていない冒険者は、その仕組みを知らずに疲労を抱えたまま最下層に降りてしまう事がある。

ボスのフロアの前の扉は簡単な仕掛け扉になっており、その仕掛けを起動しなければ扉が開くことはない。慌てて上のフロアに戻る者もいるが、万全な状態ならば仕掛けを調べて起動すればいい。

ダンジョンボスを倒し、ダンジョンコアを破壊、または回収すればダンジョンクリアだ。自動的に外に転送される。

そして今、ダンジョンボスの扉の前で、其々《それぞれ》反対側からやってきた『三日月の爪』とバリアン、ガイウスとミリアがかち合った。

「あ」

「え……」

先に声を発したのはガイウスで、戸惑ったような声を上げたのはグルガンだった。

他の『三日月の爪』のメンツもどこか居心地が悪そうにしている。

ガイウスから被った被害……というよりも、ガイウスにどれだけ自分たちが依存しながら邪険にしていたかを身に染みて実感していたのもあったし、もうとっくに王都から居なくなっていただろう相手とこんなところで再会するとは予想していなかったせいもあるだろう。

居心地は悪いが、それはもう反省したことだ。

反省はしたが、それと謝罪は別である。とはいえ、何かを謝ろうにも、何を謝っていいか分からなかった。

追い出してごめんなさい、は違うだろうし、こき使ってごめんなさい、も、頼り切りでごめんなさい、も違う。結果何も謝る資格も言葉もないまま、気まずい沈黙が両者の間に漂った。

ガイウスはガイウスで、まさかB級ダンジョンにS級の彼らが来ているとは思わず、その後ろでにやにやと笑っているバリアンを見て大体のことを悟った。

自分にも悪い所があったのは重々承知しているし、彼らに何か謝ってもらう必要もなければ、自分も何かを謝ろうとは思わなかった。

もう終わったことだと思っている。

この不意の再会は、どうやらバリアンの仕込みらしい。

ここは冒険者ギルドに報告されているダンジョンだし、ミリアも冒険者ギルドで攻略の申請をしている。分かっていて『三日月の爪』を、ここでばったり会うように連れて来たに違いない。

帰還石の一つや二つ、バリアンならば王宮経由で入手できない訳がないし。

『三日月の爪』がS級冒険者のまま、無知で放り出されて、そのまま荒くれ者になられては手に負えないという部分もあってバリアンが指導に入ったが、それの最後の最後で、ガイウスがダンジョンに挑むのを見越して（商店での売買の痕跡などからバレていたのだろうとガイウスは考えた）ここでバッティングさせるとは、さすがの老獪《ろうかい》さというべきか。ただ、弟子であるガイウスにしても理由が分からなかった。

「あー……その、元気にしてたか？　なんか、こう、色々噂《うわさ》は聞いたけど……」

「あ、あぁ。その、バリアン老師に生活面から指導してもらえたから、今はうまく、やってる」

「アンタねぇ、私たちの生活無能ぶりくらい分からなかったの？」

「……ごめん」

理不尽にハンナに怒られて、頭をかきながら反射的に謝るガイウスに、ミリアが袖を引いて、そうじゃないです、と伝える。

が、ガイウスは分かっていないようで、ミリアを困惑の表情で見つめた。

「今のを笑ってくれなければ、生活無能だと断言された気分になるんだが」

「……実際生活無能でしたねぇ、私たち……」

「あっ！　あぁ、そ、そうだよな、はは、ははは」

ベンとリリーシアの言葉にようやく事態を理解したガイウスは、真実今気付いた様子で誤魔化したが、もう遅い。『三日月の爪』が生活無能ならば、ガイウスはコミュニケーション無能だ。

ミリアと出会って多少は改善の傾向が見られるとはいえ、まだまだコミュニケーションが下手なのは否めない。

そんなガイウスの様子に、逆に生活無能は解消された『三日月の爪』のメンツが噴き出して笑う。

きょとんとその様子を見るガイウスは、つられて一緒になって笑った。ダンジョン最下層とは思えないほのぼのとした空気が流れる。

「ガイウスはどうしてここに？」

「彼女がこのダンジョンの魔法剣が欲しいらしい。それを手に入れたら、俺は彼女のサポートをする旅に出る」

「そうか。……なぁ、頼みがあるんだ」

「なんだ？」

ひとしきり笑った後に、グルガンがドラコニクスから降りて、ガイウスをまっすぐに見て言う。

ガイウスもまた、シュクルから降りてグルガンと目を合わせた。

こうしてちゃんと、まっすぐに視線を交すのはいつぶりだろうと思う。

昔はもっと、こうやってまっすぐぶつかっていた気もするが、パーティを抜ける前はもう顔色を窺《うかが》うことの方が多かったように思う。

「旅に出る前に、もう一度俺たちとパーティを組んで欲しい。その、彼女も一緒に。俺たちはここをクリアしたいだけだから、ドロップ品も魔法剣もそっちに渡す」

「……いいのか？」

「いい。その代わり、変わった俺たちを見定めて、適切なサポートをして欲しい」

グルガンの声には何か断れない真剣さがあり、ガイウスがミリアを見ると、微笑んで頷いている。

バリアンを見ても同じだ。『三日月の爪』とガイウスがどうするか、が最優先されていいらしい。

「……分かった。俺が抜けた後、皆がどうなったのか、即座に見極められるようにする。——ミリア、君は前線だからグルガンたちと攻撃の打ち合わせをしてくれ」

「はい、分かりました。——皆さん、よろしくお願いします。【魔法剣士】のミリアです」

ミリアは、昔『三日月の爪』に助けてもらったことは言わなかった。

感謝はしているのだが、あれはガイウスに助けられたようなもので、『三日月の爪』全員に同じくらい恩を感じているかというとそうでもない。

それに、『三日月の爪』もガイウスが誰かを助けているのは見ていても、それに積極的に加わることもなかったので、ミリアのことは覚えていない。

彼らが話し合っているのを聞きながら、ガイウスはそっとバリアンに近付いた。小声で師匠に文句を言う。

「これ、顔を見た瞬間に喧嘩《けんか》になったらどうする気だったんですか」

「そうならんと思ったから鉢合わせるように仕組んだに決まっとるじゃろうがい」

「……お見通しですか」

「若いもんはえぇのう。のう、ガイウスや。お主が旅に出るにしても、何にしても、二年間一緒にやってきた仲間たちの本当の力ってのを見てから出て行ってもいいんじゃないかのう」

「本当の力、ですか？」

彼らは十分に強いですけど、とバリアンに言うと、まだまだだな、というような視線が返ってくる。

「しっかり引き出してやれ。そうして、縁は大事にしろ。どこで、いつ、何が自分を助けるか分からんのじゃから」

とはいえ、クビになった理由が理由だ。戦闘能力については熟知しているけれど、何を引き出してやればいいのかはガイウスには首を傾げるばかりだ。

そもそも、ガイウスの手出しを……先ほどグルガンが申し出たとはいえ、素直に受け取ってくれるだろうかという疑問もある。

「……彼らが俺を邪魔に思っていたのに、何でわざわざ……」

「お前さんなぁ、力ばかりあるダメ人間を作っておいて責任も取らずに去ろうとするのは、よくないぞ」

「……ダメ人間だなんて、いや、でもそこまで酷い訳が……」

「習慣、というものはそう簡単に作れるものではない。逆に、そう簡単に覆るものでもない。お主のいない生活、というものから脱却させるのに、この老骨をずいぶん折ったんじゃ。せめて成果だけでも見ていかんと、許さん」

「完全に私怨じゃないですか」

バリアンの鼻息の荒い言葉に、ガイウスは呆《あき》れて言い返す。が、言われている言葉の意味は分かる。分かりたくはなかったが。

噂で聞いた『三日月の爪』の常識の欠如ぶりは、相当なものだった。

あれだけ目の前でやって、声もかけて、それでも付いてこなかったし見られていなかったのだと思うと、少し悲しいものもあるけれど。

それに家事の類も、そういえば最後の一年近くは自分ばかりやっていたように思う。炊事から掃除洗濯まで。ドラコニクスの世話は言うに及ばずだ。

そこを、一ヵ月ちょっとだろうか、その期間できっちり矯正してくれたのだとしたら、私怨と言っておいてなんだが、ガイウスは別の言葉を言わなければならない。気まずそうに頭をかいた。

「ありがとうございます」

「ほっほ、えぇんじゃ。弟子の尻ぬぐいは師匠の責任じゃからな。まぁでも、よく見てやれ。お主を邪魔だと思っていたのは、慢心からくる驕《おご》り。その慢心に至った原因の一部はお主のせいじゃとしても、お主だけのせいじゃない。慢心を飼うのも飼わないのも本人の心根次第じゃからの。腐りきっておらんかったあいつらを、しっかりサポートしてやれ」

バリアンはここまできても、まだ他人事だ。どうにも戦線に加わる気はないようだ。

「じゃあ、師匠は、やはりボス戦には……？」

「ここまでの道中も、何もしとらんよ。全部自分たちでやって、自分たちで切り抜けてきた。多少指導はしたが、それだけじゃ。サポート無しでよくやった」

「それは……凄いですね。今までの、俺の知ってる『三日月の爪』じゃあないです、それは」

ガイウスは驚きと感心に満ちた声で呟《つぶや》いた。そして、改めて元パーティメンバーを見る。

全員に、落ち着きがあるように見える。

離れた時はまだ浮ついた感じだったが、地に足がついているような感じだ。ガイウスが聞いている限り、作戦もまともだ。敵の見当も間違っていないように思う。

ハーフアンデッドの場合に想定されるボスは、リッチやアンデッドナイト等の高位のアンデッド系の魔獣だ。ただ、ナイトメアまでハーフアンデッドになっているという事は、ダンジョンそのものにアンデッド属性が付与されている状態……Ｂ級では済まされないダンジョンだったと考えられる。

最初に挑んだ人間がＢ級相当だと言ったのは、アンデッド化されていなかった状態……つまり、ダンジョンができたてで、ダンジョンボスの魔力がダンジョンに浸透していなかった可能性もある。

『三日月の爪』やガイウスの予測はそうだが、問題は……誰もそれを知る由もないのだが……ダンジョンにアンデッド属性を付与したのがウォーレンだということだ。

ガイウスの力を確かめるために、ダンジョンに勝手に侵入し、ダンジョンという魔力の塊に自分の能力で改変を加えるという、とてもじゃないが人間業を超えたことをやってしまった。

今のこのダンジョンの攻略難易度を表すとしたら、まさにS級だ。それは、バリアンも分かっていて後に報告するだろう。ミリアの階級も上がる可能性も見えてきた。

ある程度敵の見当をつけ、この場合ならこう、違う場合ならこう、という作戦を自分たちで五本ほど立てた所で、ガイウスに声が掛かった。作戦を共有して、ガイウスが適切なサポートをできる状態にするためにだ。

（変わったんだな……、俺も、変わった所を見せたい）

ミリアは、ガイウスに甘やかされることを良しとしなかった。

自分が前線に立ち、ガイウスに後ろからサポートされる。その仕組みを好み、野営や買い出しなどでは、自分に対して使われる物や、作戦、アイテムの揃《そろ》え方など、吸収に余念がなかった。

ガイウスは、こうして協力できることの喜びと、役割は役割で果たし合うことの大切さをミリアに教わった。

だから、今まで『三日月の爪』に居た時のように自分が作戦を立てることもなく、作戦会議にも最初は参加はしない。彼らが戦うのだから、彼らの予測を信じる。彼らの立てた作戦を尊重する。

そして、共有された作戦をしっかりと覚え、完全なサポートに備える。

グルガンたちの作戦を一つ一つ聞いて飲み込み、その場合はどういうサポートをするかをガイウスからも提言し、作戦を練り込んでいく。『三日月の爪』も、このダンジョンの難易度がBだなどとはもう思っていない。

ボス部屋を開ける前にしっかりと打ち合わせをした『三日月の爪』とガイウスパーティは、顔を突き合わせて頷き合う。

それは、長年を共にしてきたパーティのようでもあり、今から初めて共闘する熟練の冒険者同士のようでもあった。

第七話　そして、新たな道へ向かう

仕掛けを解除して全員で扉の前に立つと、音を立ててボス部屋の扉が開いていく。

「覚悟はいいか？」

グルガンが横に並び立つガイウスに問う。

「今更だろう。――背中は任せろ」

ガイウスは薄く笑ってまっすぐ目を見て答えた。

ドラコニクスたちも、今回は立派な遊撃隊だ。ダンジョンボスの部屋にも、ダンジョン内の魔獣が生まれることがある。

騎獣の操縦よりボスに集中するために、また、フロアの中では自分の足で動く方が即断できることから降りて戦うのが一般的だ。

開いた扉の中に入ると、壁に青い炎が灯り石造りの部屋が浮き彫りになる。

扉の真正面に大きな玉座があり、そこに座っていたのは死霊の王……リッチだ。

青い炎に照らされていくつもの魔石をはめ込んだ王冠を被り、宝飾品を身に着け、骨だけの身体に黒い揺らぐ布のようなものを纏《まと》っている。

実際は布ではなく、これは魔力による防御結界だ。物質に見えるほどの魔力を練り上げ身にまとっている。それが、まるで漆黒のマントのようだ。

魔獣は基本的に人語を話さない。なので、分かり合うことは難しい。

家畜化した騎獣などとは世話を介してコミュニケーションが取れるようにもなるが、どれだけ人間に近い見た目をしていても、生前人間だったと思えても、相手は魔獣だ。

コミュニケーションは取れない。取らない。そして、野生の魔獣と冒険者が向き合ったときには、倒すか、倒されるか、運よく逃げることができるか。その三つだけだ。

リッチはけだるそうに巨大な玉座から身体を起こすと、魔石だらけの骨の指をガイウスたちに向けた。すると、背後の扉が一気に閉まる。

ダンジョンの中で出会ったあらゆる魔獣が、青白く光る部屋の中に生まれ始めた。

さすがにナイトメアまでは出てこないが、サイケノスからフォレストウルフ、ホブゴブリンと、数と連携が厄介なハーフアンデッドの魔獣がどんどん生じてくる。

『三日月の爪』とガイウスパーティはここまでは予測していた。なので、動きに迷いはない。

「うおぉお！」

ベンがスキルの『挑発』で雑魚魔獣を一身に集める。リリーシアとベン、そしてドラコニクスの群れが露払いを担当することになっている。

リリーシアの徹底して魔力を練り上げた防壁魔法がベンにかけられる。

ベンは攻撃に参加せずに、とにかくグルガンやガイウスたちの方へ雑魚が向かわないようひきつけ耐える役だ。

リリーシアは敵に対する錯乱魔法や速度減退魔法を連発しながら、あまたの敵に群がられるベンへの回復魔法や自分の魔力回復をする。そうやって、リリーシアとベンは耐える役目だ。

攻撃するのは、彼らの騎獣であるドラコニクスたち。

鋭い爪と牙でベンに群がる敵を引きはがしては引き裂き、喉笛を噛《か》みちぎり、魔獣であり竜種である闘争本能に任せて敵を千切っていく。

ガァア！　と、鳴き声に魔力を乗せて雑魚を威嚇しながら連携の取れているドラコニクスの群れは、敵を決してガイウス達の方へ向かわせないように、壁際に追い詰めたりベンから引きはがしその場で踏みつぶしたりしている。

背中をベンとリリーシア、そしてドラコニクスに預けたグルガンとガイウスたちは、誰も振り返らなかった。

「よく懐いているじゃないか」

「誰かさんに世話をまかせっきりにしていた俺たちはもういないからな」

「ふ……、じゃあ、目の前の敵は、俺たちでやろう」

「あぁ、やろう」

今度はガイウスがグルガンに声を掛ける。笑い交じりの会話なのに、そこに漂う緊張感はただごとではない。

ハンナとミリアは黙って、それぞれグルガンとガイウスの隣で杖《つえ》と剣を構えた。

ガイウスは片手に『アイテムインベントリ』を、もう片手に魔法弓を構える。

グルガンが剣を抜き、一歩踏み出した。

金属の鎧靴《よろいぐつ》が石の床を蹴る音がする。翻るマントに一瞬視界を遮られたガイウスが次に見たのは、リッチの魔法障壁に剣を振り落とすグルガンの姿だった。

玉座から飛んだリッチはグルガンよりも背が高い。宝飾品と具現化する程の黒い魔力を纏うだけあって、聖属性を常に発している【パラディン】のグルガンの攻撃を正面から受け止め魔法障壁で受けきっている。

が、そこまでグルガンも甘くない。リッチは動きを止められた。

それは数十秒だったかもしれないが、グルガンが駆け出した時にはハンナの詠唱は始まっている。

「《資格を有する我が命ず。踊れ炎、歌え稲妻、仇敵《きゅうてき》に降り注ぐ雨となり魔を焼き尽くせ》！『インフィニティ・ライトニング・レイン』！」

動かない敵の背後に黒雲が一気に浮かび上がり、その中で火花と白い雷がちらちらと光る。詠唱を終えると同時に、その黒雲から、リッチの背中に向かって炎の渦をまとった雷が轟音《ごうおん》をたてて幾重も降り注いだ。

が、リッチはグルガンの剣を止める魔法障壁を出していたのと反対の手を背後に向けて、強力な魔法障壁をもう一枚展開させる。

ハンナの最上位魔法は不発に終わった。が、ハンナの口元が微笑んでいる。

「ええ、この瞬間を待っていました」

聖属性エンチャントの剣を構えたミリアがリッチの死角から低姿勢で駆け寄り、いつの間にか魔法障壁の隙間に迫っている。

両の手で強力な剣と魔法を防いでいるリッチは、今度こそ動くことができない。

「はぁああ！」

ミリアは【魔法剣士】だ。最下層に降りる前に聖属性のエンチャントはすでに武器に付与してあり、グルガンとハンナが全力でリッチの動きを止めている間に攻撃する役目。

剣に杖で魔法の炎を纏わせて死角である背後から得意の低姿勢で駆け寄り、物質化している魔力の黒いマントごと、リッチの胴を横一文字に斬りはらった。

片手剣を両手で握り、全力で魔力を込めて炎と聖属性を増大させて、それでも抵抗を受けながらなんとか斬りはらうことができた。

ここまでは『作戦通り』に進んでいる。この先がガイウスの仕事だ。

リッチはある程度のダメージを受けると上空に飛び上がり範囲魔法を使ってくる。

飛ばれるとグルガンの剣が届かなくなる。それを防ぎ、さらには全員の回復、そして背後の様子まで見て取って動く。

まずはミリアが斬りつけた瞬間に『即時判断』でハンナへ上級魔力回復薬を『投擲《とうてき》』する。

グルガンは魔力を籠めて刀身の光った剣で斬り結んだままなので、リッチが上空へと向かう瞬間に同じく投げられるように準備だけはしておく。

それより先に、ミリアが作った急所……リッチの纏う魔力の衣が裂けた場所と、むき出しの頭蓋骨に向かって、聖属性を付与した魔法矢を連続で打ち込み飛び上がるのを防いだ。

リッチが飛び上がれるのは纏っている魔力の衣の力だ。物量を得るほどの魔力の塊を常に身にまとっている、その魔力の衣がリッチの体を上空に運ぶので、その衣をはぎ取ってしまえば飛ぶことはできない。

魔法弓は魔力の矢だが、跳弾するように、魔力をある程度物理に近い状態にもっていっている。なので、矢に麻紐《あさひも》で括りつけた蓋を取った聖水を、インベントリから取り出してリッチの頭蓋と胴に向かって撃ち込んだ。

アンデッド属性に聖水は効力が大きい。部屋の前で、リリーシアにさらに祝福してもらってある。逆に、ハーフアンデッドでは傷をつけて内部のアンデッド部分に当てなければ効果は薄い。買ってあったが、ここまでは出番がなかったのも本当だ。

ガイウスはあるだけの聖水を連続してリッチに向かって撃ち込んでいく。

魔力の衣が聖水によってどんどん薄れていく。そこに、グルガンとミリアが聖属性の剣で連続で切り込むと、魔法障壁を張る暇も無く、リッチは無残にも鉄のように硬い骨を斬りつけられてのけ反った。飛び上がることも、動くこともできずにいる。

魔力の回復したハンナが詠唱に入っているのを見て、ガイウスは一度背後に目を向けた。

当然ながらそちらの戦況も目の端に捉えている。リッチに対して飛び上がらせないこと、が最初の仕事だったが、背後のサポートも当然必要である。

魔法弓の矢に物理属性があることを利用して、傷ついたドラコニクスに向かって最弱の魔法矢を撃ち込む。当然その矢には、傷に合わせた回復薬が括りつけられている。

ドラコニクスの硬い鱗《うろこ》に当たって割れた瓶から回復薬が身体にかかり、ドラコニクスは回復していく。

さらには、これまでの間ずっとスキルと魔法を使っていたベンとリリーシアに上級魔力回復薬を『投擲』する。

ドラコニクスが回復して勢いに乗っている隙に、二人が回復する。リッチはこれ以上雑魚を呼び出すような余力は残っていないようだった。

ついでにドラコニクスの動きの癖は頭に入っているので、ガイウスは『即時判断』で三ヵ所に目星をつけて魔法弓を引き跳弾させ、敵にのみ弾が当たるように攻撃をしかけた。

いつものように火力はないが、ドラコニクスの爪と牙で外皮をはがれた傷だらけの雑魚敵に、聖属性の矢は動きを止める程度の威力を発揮した。

そこまでやってリッチの方に目を移すと、トドメを刺すにはあと一歩足りない、と感じた。

「ミリア！」

「はい！」

グルガンは何のことかわからなかったが、ガイウスがミリアを呼びつけたからには何か策があるのだと理解した。

ミリアがグルガンとリッチの隙間を縫うようにしてガイウスの元へ一気に距離を詰める。

その間にガイウスは聖属性のスクロールを構え、自分とその背後に回ったミリアに中級魔法回復薬を使ってから魔法弓を構える。

何をするのかはミリアだけが知っている。ガイウスは、この方法を、すでに一つの戦闘の形として頭の中の作戦に組み込んでいたようだ。

今、反対する気はミリアはない。だが、絶対に後でお説教してやろう、とは思っている。

グルガンに対して同じことをすれば威力はさらに高いかもしれない。

ハンナがやれば、さらに効果が高いかもしれない。

それでも、何をやるのかを理解しているのも、それをやるために身体を預けられるのも、魔力を託すことができるのも、ガイウスにとってはミリアであり、ミリアにとってはガイウスだけである。

グルガンとハンナがリッチの動きを止めている間に、ガイウスが脚を開いて魔法弓を構える。

その背に、通り過ぎ際に受け取った聖属性のスクロールを当てたミリアは、ガイウスに聖属性魔法のエンチャントを行い始める。

「ぐ……く……！」

体内を魔法が駆け抜けていく。自分の体の内側をどんな属性であれ魔法が走るというのは、魔獣であろうが人間であろうが激痛が走る。

魔法弓は使う人間の魔力を吸い上げる魔導具だが、ガイウスは体内に走る魔法を一気に吸わせていく。ナイトメアの頭を吹き飛ばし、跳弾で胴を貫き浄化した聖属性の槍《やり》のような矢を、血管が浮き上がる程力を籠めた腕で引き絞る。

「ガイウスさん！」

「おう！」

「倒れたら、私がなんとかします。思いっきりやっちゃってください！」

背中でミリアが叫ぶ。余裕なく応えたガイウスに、震える、笑い交じりの声でミリアが語りかけた。

一瞬目を見開いて驚いたような顔をしたガイウスは、口端をあげて笑う。

「うん、任せた！」

限界まで引き絞った金色に光る槍のような矢をつがえ『投擲』で狙いを定める。リッチの衣に守られていた、今は露出している肋骨《ろっこつ》の中に、紫光する核があった。それに向かって、矢を撃ち込む。

「ガァァァァアアアア！」

全員で作った隙に、本来ならアタッカーではないガイウスが、戦況を見て自分の体を犠牲にして、己のできる最大威力の矢を撃ち込んだ。

『三日月の爪』は己の仕事を果たしながらも驚きを隠せないでいる。バリアンもだ。

やっている事の無茶さも、あのガイウスが仲間に背を預けていることにも。

ガイウスはなんでもそつなくこなす。サポーターとして最高の能力を持っていて、背中にいてくれれば、あとは自分たちが戦う。それが当たり前だった。

だが、そのガイウスの背中を支える仲間が、ミリアがいる。ミリアに身体を預け、信じて頼み、己ができる事で戦況を変えた。

断末魔の叫びをあげて光の矢で浄化されていくリッチに、もはや何かする必要はない。リッチが呼び出した雑魚も全て倒れている。

肩で息をし、内側から皮膚が裂け血まみれになりながら、その背中を支えるミリアと笑いあうガ

イウスの姿を見て、『三日月の爪』は変わったのは自分たちだけではないと分かった。

グルガンは、もしかなうのなら戻って来てほしいと思っていた気持ちを心の奥にしまい込んだ。

ガイウスは本当の仲間を見つけた。

ならば、もう二度とグルガンたちがガイウスを縛る存在になってはいけない。

リッチの消滅を確認したグルガンが剣を鞘《さや》に収めて、息を整えながら天を仰いだ。

グルガンの顔は、一抹のさみしさと、満足が浮かんでいた。

◇◇◇

「やったな」

「あぁ、やった……はぁ、疲れたな」

「アタッカーじゃないのに無茶するからだ」

上級回復薬で回復したガイウスは、疲労までは取れないのか床に座り込んだままだった。

そこに近づいたグルガンに手を差し出され、ガイウスはその手を見て、笑って握った。

そのまま引き上げられるように身体を起こされる。こうして握手をするのは、最後に冒険者ギルドで別れたとき以来だ。

「よかったな、ガイウス」

「うん？」

グルガンの言葉に軽く首を傾げるものの、近づいてきた他の『三日月の爪』のメンツにも、似たような温かい視線を向けられる。

立ち上がったガイウスの傷は癒えたが、それを支えるように、ミリアが背に手を当てて隣に立っている。

「私たちも結構ヤるようになったっしょ?」

「バリアン老師のおかげですぅ」

「……不当な理由で、不当な目に遭わせておきながら、勝手にクビにした事、心から謝罪しよう」

ハンナ、リリーシア、ベンと続けざまにガイウスに声をかけ、ベンの言葉で『三日月の爪』が一斉に頭を下げた。

「ちょ、ちょっと待ってくれ、いいんだ！　あれは、俺も納得してやめたわけだし……その、俺も悪かった」

ガイウスの言葉に、顔を上げた四人は「それな」「本当だよ」などと言って和やかに笑いあった。

ドラコニクスのケアをしたバリアンが、群れを引き連れて近づいてくる。

あとは、ダンジョンコアの破壊と、魔法剣を探すだけだが、探すべきは巨大な玉座だろう。

全員の視線が玉座に集まった瞬間、玉座が青白く光った。

もうダンジョンボスは倒したはずなのに、何が起きているのかと誰も動けないし声も発せない。

ただ、その光から魔力の風が強く吹き付けてくる。

玉座の背もたれから、半透明の美しい、青白い女性のような何かが姿を現した。全身が発光している。彼女自身が、魔力の塊であるかのようだった。

悪いものには見えないが、それが何かを知っている人間は、この場にはいなかった。

悲しそうな目をした彼女は、ガイウスをじっと見つめている。

「ガイウス……」

とても美しい、それでいて人間の声とは思えない声で名前を呼ばれたガイウスが、怪訝《けげん》な顔をする。

「逃げて……、ウォーレンが、来ている。でも、助けて……。私は、このままでは、血で穢《けが》れてしまう……」

「精……霊……」

ガイウスへ語りかける声、語りかける内容、その全てが分かったわけではないが、穢れを嫌うのは精霊の特徴だと知っていたミリアが茫然《ぼうぜん》と呟《つぶや》く。

「私は……ジェネリウス……アンブレラの血に囚われた者……助けて、でも、逃げて……」

ガイウスは展開に頭がついていかない。

ウォーレン、という名前を聞いて息が苦しくなった。心臓が大きく脈打ち、ガイウスは立っていられなくなった。

同時に、初めて見るはずのジェネリウスに懐かしい気配を感じる。視線だけは外さずに、膝をついたガイウスは、ジェネリウスを見つめている。

何かに引っ張られるように、ジェネリウスは目を見開き上を向いて固まる。どうにか視線をガイウスに向けて、自分の胸から青白く光る剣を生み出した。

「この剣で……断ち切って……お願い、お願い……もう、だめ……ここが、崩れる……逃げて……！」

それは、ウォーレンが『死霊術』としてダンジョンに手を加えた瞬間から、ダンジョンコアに亀裂が入っていたという意味でもあった。

カラン、と乾いた音を立てて剣が落ちると、ジェネリウスの姿は無くなり、ダンジョンが地響きをたてて揺れ始めた。

この剣をここに置いていくわけにはいかないと、ミリアは肌で感じ、実行する。

急いで玉座に向かってミリアが走り、剣を拾う。

「こっちじゃ！」

ミリアの目的としていた魔法剣を見つけることはできなかったが、バリアンの声にこの状況で逆らえる人間はいなかった。

立ち上がれずに過呼吸を起こしているガイウスを、グルガンが肩に腕を回して抱えるようにして連れていく。ミリアもすぐに戻ってきた。

近づいた瞬間にバリアンが帰還石を使った。まばゆい閃光《せんこう》にくるまれて、『三日月の爪』とガイウスパーティ、ドラコニクスとバリアンはダンジョンのドアの外に転送される。

バリアンが振り返ったそこには、いびつにひび割れ歪《ゆが》んだダンジョンのドアの残骸があった。

それも形を保っていられれず、魔力の粒子になって空気中に消えていく。

帰還石を使うのがもう少し遅かったら、ダンジョンごとここにいる全ての生命は消えていたはずだ。安堵《あんど》の息を吐いたが、バリアンは弟子の様子に顔をしかめた。

ガイウスの過去を知っているのはバリアンだけだ。少し思案してから、ひとまずリリーシアの転送で王都に戻ることにした。教会で、一度ガイウスを休ませなければいけない。

◇◇◇

「ジェネリウス、よくもまぁ余計なことをしたね」

ダンジョンに潜ませた影にずっとガイウスたちを見張らせていたウォーレンは、高級宿屋の部屋でお茶を飲みながら呑気《のんき》にすら聞こえる声で呟いた。

ジェネリウスは応えない。

アンブレラの血に囚われた契約精霊、それがジェネリウスだった。

あらゆる属性に染まらないまっさらな魔力の精霊。自然そのものであり、それでいながら、大昔にアンブレラの血の者と契約した精霊。

脈々と継がれる血から逃れられないし、これまでは逃れる気はなかった。

アンブレラの血の者は【精霊師】のジョブの才能を持っていたから、居心地よくそこにいられた。

だが、ウォーレンは違う。【死霊術師】の才能を持ったウォーレンによって、または彼の行いによって、ジェネリウスはだんだんと穢れ始めている。

まっさらな魔力の塊がウォーレンに宿っている。それが、今はジェネリウスの足元から穢れが侵食してきている。

ジェネリウスとの契約。死霊と精霊を操る別の力は、果たして根源が同じであった。

そのために、ウォーレンは「死霊をエネルギー」と見立てることができ、その反対もまた可能にし、ダンジョンに対して改変を加えることができた。

その時に、ジェネリウスは自分の意識をダンジョンの中に少しだけ残しておいたのだ。

ウォーレンから逃げ出した唯一の子ども、ガイウスを、ジェネリウスは知っていたから。

このウォーレンという男から逃げ出せるというのは、稀有《けう》なことだった。他の誰にも不可能だっただろう。その方法がきれいなものだったとはジェネリウスも思っていない。

それでも、ウォーレンの手から逃れたガイウスに、ジェネリウスは託したかった。

ジェネリウスが穢れ、存在が反転すれば、まっさらな魔力は血に染まり、死をふりまく精霊に変化してしまう。

それは、ジェネリウスの望むところではなく、ウォーレンにとっては望むことであった。

「まぁいい。ガイウスはいい子に育った。――あのミリアという女の子が少し邪魔だね。さぁ、どうしようかな……」

ジェネリウスは応えない。

ウォーレンは楽しそうに笑いながら、どうすればガイウスが自分の手元に戻ってくるかを、そして、ミリアという邪魔者をガイウスから引きはがせるかを考えていた。

でも、結局ウォーレンが他者に求めていることは、二つだけなのだ。

生かして売るか、殺して使うか。それだけが、ウォーレンが他の命に求めることだった。

そう考えれば、ジェネリウスはいい事をしてくれたかもしれない。

確かにジェネリウスの反転が起これば、ウォーレンは影を好きなだけ集めることができる。

それをジェネリウスが拒み、ガイウスに助けを求めた。ならばきっと、『我らの家』に帰ってくるはずだ。あのガイウスが、必要とされたい子どもが、頼まれたことを断れるわけがないのだから。

ウォーレンはそこまで考えると、お茶を飲み干し、帰り支度を始めた。

帰ってくる『わが子』を迎えるために、一足先に家に帰らなければならないからだ。

◇◇◇

教会で暫く休んだガイウスは、夕暮れ時にようやく正気と落ち着きを取り戻した。

バリアンは何も言わなかったが、そっと、話なら聞く、と言ってくれた。それは、今はまだ考えられないことだったので、頷《うなず》くだけにとどめた。

まだ瞼《まぶた》が重い。今は夜だから、とバリアンが言うと、ガイウスは再度深く眠った。

翌朝、まだ日が昇る前の薄暗い中、回復したガイウスとミリア、『三日月の爪』とバリアンは教会の前で向かい合っていた。

「いい仲間を持ったな、ガイウス」

「あぁ、そうなんだ。これから、彼女と一緒に旅に出る。……もう、グルガンたちも大丈夫そうだな」

「なんせ厳し……優しく寛大なバリアン老師の指導があったからな」

「もうガイウスがいなくたって平気だし」

おどけて言ったハンナが舌を出して見せる。

少しだけ、やっぱり、ガイウスに対して思うところがあるのだろうが、本気で怒ったり恨んだりしているわけではなさそうなのでガイウスは笑った。

「あぁ、バリアン老師は王宮騎士団後方支援部隊総長だからな。バリアン老師にどうにもできないなら、きっとこの国の誰にもどうにもできなかっただろうし」

「あ、これ！」

ガイウスの言葉に、『三日月の爪』の面々は固まってしまった。バリアンが口止めを忘れていたのを棚にあげてガイウスを叱りつけるが、もう遅い。

「王宮騎士団……」

「後方支援部隊の……」

「総長、ですかぁ……？」

いけない、とひきつった笑みを浮かべたガイウスは、両手でグルガンの手をがっと握った。

その衝撃に、驚きから現実に引き戻されたグルガンを見て、ガイウスは笑った。

「違う街で『三日月の爪』の噂《うわさ》を聞いたら、仲間だったんだって自慢する」

「……俺たちも、ガイウスとミリアという冒険者の噂を聞いたら、一緒にダンジョンを攻略したと自慢するよ。――そういえば、パーティ名はどうするんだ？」

手を握ったまま横を向いてミリアに視線を投げたガイウスは、どうしよう、というように目で尋ねた。

「そう、ですね……私は『三日月の爪』の皆さんのおかげでガイウスさんと出会えたので……」

ミリアの横顔が朝陽に照らされて白く染まる。出会いも、そして、彼らとガイウスの別れも、何もかもがあって今があるのだ。そして、これから先もガイウスとともに旅をする。パーティを組む。

「『宵の明星』でどうでしょうか。夕方と夜の間に見える、一番明るい星です」

「いいな。じゃあ、『宵の明星』の噂を聞いたら自慢してくれ」

わかった、と改めてぐっと手を握り、その手がほどけると、お互いに何も言わずに背を向けた。


初級職【アイテム師】を追放したS級パーティは、その後、群をぬいた連携で国中……国外までその名をとどろかせることになる。

その追放された【アイテム師】は、新しい仲間とともに、謎と過去と向き合いながら、様々な場所で名を馳《は》せていくこととなる。

『宵の明星』という二人と二体のパーティは、どんな状況にあっても、必ず勝つのだと。

番外編　大討伐戦

黒髪をぼさぼさにした、汚れた服装の細身の少年が部隊で働いているのを見て、バリアンは目を瞠《みは》った。

食糧や薬品、備品の入った木箱や布袋を馬車に積み込んでいる。見た目に反して力持ちで、動作もきびきびとしていた。下働きとはいえ、ここにいるのはジョブを授かった兵士か騎士、または冒険者のはずだ。一般人では荷運びの途中に流れ矢が当たっただけで致命傷である。

どうにも異質だった。わざと浮いているようにも見えるし、動きや言葉に不審な点は無く馴染《なじ》んでいる。だが、バリアンの目に留まった。

「ふぅむ」

まだ情報が少ないうちに考え込んでも仕方がない。今は、なんとなく目に留まる、その程度の違和感しかバリアンは感じていないのだ。折を見て彼に声をかけよう。

バリアンは自分にそう言い聞かせてその場を離れた。忙しいのだ。

年に四度の国を挙げた大討伐戦。増え続ける魔物の数を減らす、国の防衛に関する一大行事。

この大討伐戦を率いるのは王宮騎士団。バリアンは老人でありながらも未だ現役で王宮騎士団後方支援部隊の総長の立場にあった。

後方支援部隊はこの大規模な遠征における糧食の管理から戦闘時にあらゆるサポートを行う部隊

だ。

最小単位の分隊十五名が五人組三パーティ構成となり、各分隊に三人ずつ配備されるサポーター。

回復、支援という物理的な側面と、分隊内のメンタルケアまでがサポーターの役割だ。戦闘に火力としての参加はしないが、その分戦闘員の実力を引き出し、命を守る仕事をする。

その総長……総責任者がバリアンである。

魔物との戦いは精神が削られる。食事内容が粗末になったり、わずかな物音を気にして眠れなくなったり。戦闘以外に不安なことがあればそれもなくす必要がある。また、役割上、サポーターは戦闘員に弱さを見せない。

演出として弱さを見せることはあるが、それはあくまで適度なやる気をもたらすため、士気をあげるためのものだ。どんなに嫌な人間の分隊に当たっても本音を漏らすことはない。また、年四回の頻度で大討伐戦は行われるのだから、今後に響くような禍根も残せない。

そういったサポーターをサポートするのが、バリアンは自分の役目だと思っている。だからこそ、先程の荷運びの少年が気にかかった。荷に触れているということは、後方支援部隊に配属されているのだから。

(はて、さて……違和感の正体、違和感……)

禿頭《とくとう》をつるりと撫《な》でながらバリアンは考えた。

喧嘩《けんか》をしていたわけでもないし、誰かを睨《にら》んでいたり寄せ付けない雰囲気があったわけではない。

よく働いていたし、やっていた事が見当はずれではないことから、周りの指示もちゃんと聞いているようだ。

バリアンはその日、自分の寝台に入り込むまで延々とその少年のことを考え続けた。だが、何がそんなに気にかかったのかが自分で分からない。

でも、そう、彼は一人で作業していたのだ。

「あぁ！　なるほどな！」

違和感の正体が分かったバリアンは一人で喜色満面に叫ぶと、ぐっすりと眠った。

明日から遠征である。ここで余計な体力を使うほど、彼は無責任ではない。

◇◇◇

「坊主、名前は？」

「ガイウスです……バリアン総長」

王宮の騎士舎にある食堂は朝から大賑《おおにぎ》わいで、広い空間に人々がひしめき合っていた。

調理場から料理を渡すためのカウンター前には順番待ちの利用者が並び、決められたメニューが次々と盛られては、受け取った人間から席につく。

今日は肉団子入りの野菜スープと柔らかいパン、鶏肉の香草焼きに皮の薄くて柔らかい果物がまるまる一つ。水は自分で勝手に持っていく。

遠征当日の朝なので、豪華な内容だった。これから先は野外調理になるし、最後の方は野菜の補給はなく、パンも徐々に硬くなっていく。それを水でふやかして干し肉と食べるか、皿代わりにして焼いた魔獣の肉と食べる。そういう一ヵ月間の生活に入るのだ。

ガイウスと名乗った少年は余程早く来ていたのだろう。手元の皿は殆《ほとん》ど食べ終わりに近い。

バリアンも目の前に同じ品がのったトレーを置いて食べ始めた。

「して、お主は冒険者か？」

「はい、僕はギルドの募集を見て応募した冒険者です」

「ジョブは？」

「【アイテム師】です」

「ほっ、一緒じゃな。伸びしろの大きい便利なスキルの多いジョブじゃ」

「教会の司祭にもそう伺っています、バリアン総長」

バリアンは片眉をあげて会話を一度切った。パンをちぎってスープに浸して口に運ぶ。髭《ひげ》を汚さないよう綺麗《きれい》に食べている。

そうしながら目の前の少年《ガイウス》を観察したバリアンは、何か釈然としないものを感じていた。

まず、テンションが低い。これは無理やりテンションをあげろというものではなく、大抵の人間は普段接さないような大人数の集団に組み込まれると、周りの熱気や感情につられる。

常に別の人間に囲まれるので神経が鋭くなる。ピリピリとした空気を纏《まと》ったり、イライラしたりする者もいる。集団の中に一時的に組み込まれることと、寝食を共にするのとでは負担が違うのだ。

服装はボロボロなわりに異臭はしない。清潔であるようだが、身なりはあえて崩しているのかもしれない。華奢《きゃしゃ》というよりも痩せぎすなのだ。これで身綺麗では、へたに人を寄せて変な目に会うだろう。

服装の割にはガイウスは食事中も姿勢がよく、話しかける前に少し観察したが音をたてずに食事していた。飢えているようにも見えず、がっついていない。

音をたてないのは貴族のマナーで、冒険者は貴族の嫡子以外の子息が志すことが多いから違和感は無いが、それならば家名まで名乗るはずだ。

身なりと名乗りは貴族に非《あら》ずだが、立ち居振る舞いは貴族のそれ。さらにはバリアンが誰か分かっていて、緊張もせず、かといって媚《こび》もしない。

この食堂で料理の配膳をしている恰幅《かっぷく》のいい女性と、バリアンに対しての態度が全く一緒なのだと分かる。

「ガイウスよ、お主は何しにここへ？」

「冒険者になりたてで、お金も装備もないし伝手《つて》もないため、報酬と技術を学べればと思い志願しました」

淡々とした声。ガイウスの顔には表情が乏しく、まっすぐ目を見てくるが、彼の灰色の瞳からは何も読み取れない。

と、答え終わったガイウスが不意に食堂の中に視線を移し、それからバリアンに視線を戻した。

「……あと、他の人がどう動くのか、どういうのが冒険者でどういうのが騎士なのか、勉強に」

「ほう……」

バリアンの見立てでは、この少年は集団生活に慣れているようだ。しかし、そこにいたのはもしかしたら同年代であったのかもしれない。本人が言うように勉強の心構えを持っていて、周囲に向ける視線はまっさらな印象を受ける。

「バリアン総長は、なぜ僕に声を?」

「そりゃあ……スラムの子が間違って紛れ込んだんじゃないかと思ってな」

服装やぼさぼさの黒髪を見てバリアンが答えると、あぁ、とガイウスは納得したようだ。

「無一文で、二ヵ月前から同じ服なので、たしかにスラムの子供と間違えられそうですね」

「二ヵ月前から? その間、食糧は?」

「食費にお金を使っていたので、服と寝床にお金が回せませんでした。不潔な格好で申し訳ございません」

そう言って深々と頭を下げる。集団生活での衛生問題は大事なことではあるが、バリアンにしてみれば異臭を放ってはいないし、その方向ではガイウスを問題にはしていない。

話している間に食事を終えたバリアンはトレーを持って立ち上がった。

「よし、ガイウス。ワシについておいで」

「はい、バリアン総長」

ガイウスもトレーを持って後に続く。

バリアンは老人特有の縮んだような背格好で、ガイウスは成長期なのかそれよりも背が高い。足取りはしっかりしているし、全く隙の無いバリアンの身体運びを見ていれば、全盛期は立派な体軀だったのだろうなと思わせる。

立派な服装の老人と、その後ろを歩くボロい格好の少年の組み合わせはなかなか目を引いた。

貴族の子息が冒険者になることが多いのだが、冒険者になっても貴族としての矜持《きょうじ》を持ち合わせている人間もいる。いや、矜持ではなく山より高いプライドだろうか。

「なんだあいつ、新人の癖に総長に取り入りやがって……」

「チッ、面白くねぇな……」

四人組のパーティで大討伐戦に参加している冒険者が、ガイウスとバリアンの組み合わせを胡乱《うろん》な目で追っていた。

彼らは『チェインファング』というBランクパーティで、大討伐戦に参加するのは三回目だ。

同じ冒険者枠でも、あんなスラムの子供にしか見えないガリガリの少年がいるのも面白くないし、ましてや、彼の方が後方支援部隊のとはいえ総長の立場にある人間に気に入られているようなのも気分が悪い。

一緒にされたくはないし、ましてあちらの方が可愛がられているなんて気に入らないのだ。

「まぁいい、今日は出発だからな。せいぜい戦闘面で役に立ってくれりゃいいさ」

「そうだな。まぁ使えなくても囮《おとり》にはなるだろ」

「乱戦だからな。飯も食ったし行くか」

『チェインファング』のメンバーのうち三人が使い終わった食器もトレーもそのままに立ち上がっ

た。残されたのは最年少の少年で、彼は当たり前のように食器やトレーを集めて返却カウンターに持っていく。

ヘーゼル色の髪をしており、長い前髪で目が隠れている。ガイウスよりも小さく、腰に提げた得物は双剣だ。

振り返った食堂の入り口に『チェインファング』のメンバーの姿は見えない。ぐっと唇を噛《か》んで、走って集合場所に向かった。

◇◇◇

「ガイウスや、素直に答えて欲しいんじゃが……」

「何でもお答えします」

これは半分嘘《うそ》だった。もし過去を聞かれても孤児院のことを話す気はなく、自分がどうやって冒険者になったかについては別にストーリーを仕立ててある。

なんでも答えはするが、それが正しいことであるとは言わない。

「ふむ、素直じゃな。技術を学びにきたと言っておったが……」

騎士舎一階、食堂から離れた隅にある部屋までガイウスを連れてきたバリアンは、一つの扉の前で立ち止まった。

「はい。僕には今後生きていくための技術と常識が必要なので」

「うむ、うむ。ならばお主、ワシの直属になるか」

「はい、なります」

ガイウスが躊躇《ためら》わず、また、バリアンの行動や言葉に何の疑問も差しはさまずに即答したため、バリアンは目を丸くした。

少しも躊躇いがなく、疑問も抱かない即答。

バリアンを信じたのではなく、自分の時間や生命をバリアンに預けることを投資だと思っているようだ。ベットするのは自分自身、リターンは成長した自分か何もかもをなくす自分。そういう賭けに出たのだろう、と分かる無機質さだと、バリアンはすぐに理解した。

たくさんの人間を見てきたのだ。ある程度は理解できるが、ガイウスのそれは投げやりには思えない。むしろ、後がないからこそなんでも手を出そう、という貪欲さも見える。

なのに、個人的な欲求やいい生活への渇望のような、生命の輝きのようなものが少しもない。

おなかいっぱいに食べたい、というものすら透けてこないのだ。

「よし、じゃあワシの部下じゃな。ここに入るぞ」

「はい、総長」

扉に手を掛けたところで、バリアンは一度手を止めた。開かずにガイウスを振り返る。

「ワシのことは、老師と呼べ。バリアン老師だ」

「わかりました、老師」

そこでやっと部屋の中に入る。

倉庫になっている部屋だった。右手側には畳まれたリネンが、左手には騎士団の制服が。壁に作り付けの大きな棚に、ぎっしり積まれている。

「ガイウスはいくつなんじゃ？」

「十六歳です」

「そうかそうか、その割にはお主、ちっこいの」

孤児院では、十三歳になるまで食事にありつけない日もあった。貧しいからではない。生きるための技術を身に付け自ら働けない人間には、生きる糧はないという圧力だ。

お金のない施設ではなかったが、とにかく厳しい生活だったと思う。その後、十三歳で別棟に移って二年はしっかりとした食事をマナーと共に与えられたが、逃げ出してからはそこまで食事をきちんと摂れる生活をしていなかった。

確かに、痩せているし背も小さいかもしれない。それをガイウスは気にしたことはなかったが、言われて考え、納得する。

「そうですね、僕は小さいです」

「痩せておるしな」

「そうだと思います」

何も否定する事実が無いので、ガイウスは只管《ひたすら》頷《うなず》いた。

この流れで自分から過去の経験を語りだささないことに、バリアンは長期戦を覚悟した。

一人で放っておいてはいけない、と思ったのだ。

とにかく今は、姿かたちだけでも整えてやる必要がある。このままでは周囲に舐《な》められる。それは放っておくと、周囲からの暴力に発展する。

バリアンはガイウスの身体に合いそうな女性騎士の一番小さい制服を二組手に取って渡した。

「ほれ、これが今日からお主の着替えじゃ。これに着替えたら集合場所に行くぞ」

「はい、バリアン老師」

ガイウスは素直に、言われるままに、そして素早く動いた。

バリアンは、やはりガイウスの意志が何も見えずにいる。一人で仕事をしていた時もそうだが、あれは一体いつから命じられるままに荷を積んでいたのだろうか。

食糧や装備品、天幕や水、魔導具もだが、遠征の荷物は大事なものだ。あえて荷として馬車に積んでいるのは、荷が狙われたら【アイテム師】のインベントリにそっくりそのまま同じような物が入っており、【アイテム師】のような後方支援部隊が何らかの状況で分断された際には実際の荷が残るためだ。基本は外に出ている実物を使うが、囮の役割もある。

それを一人で扱うことは、本来ないはずなのだ。下働きとはいえ、大討伐戦の為に臨時雇いした冒険者に単独で扱わせるはずもない。

大討伐戦の部隊の生命線である。だが、ガイウスは一人でやってしまっていた。

やれていたし、辛そうにも見えなかった。だから誰も止めなかったし、手伝わなかったし、声もかけなかった。

集団の中にいたような振舞い、それでいて一人で仕事をすることに慣れ切った動作。清潔だがぼろぼろの見た目に、痩せているが優雅な食事方法。

こうして傍で観察していると、バリアンはどうにもガイウスへの違和感ばかりが目立つように思う。何をとってもちぐはぐで異質なのに、すぐにその場に馴染んでしまう。

直接話をしても自己主張しない。けれど、自信がないようでもないし、余計なことをするほど考え無しでもなさそうだ。

(理想的、と言えばいいんじゃろうかのう……)

みすぼらしい装いをさせた、綺麗な子供の役割とでも言えばいいのか。それをこなしているだけのように見える。しかし、子供の役割ではなく、冒険者として生きる術と金を得たいという欲求はある。それ以外の欲求が全く見えないが。これもまた、ちぐはぐだ。

「着替えたな。よし、行くぞぃ」

「はい、バリアン老師」

バリアンと連れ立った綺麗な軍服を着たガイウスは、頭がまだぼさぼさではあったが、立派な少年兵に見えた。

◇◇◇

事件は遠征開始から二週間がたった、期間の折り返しの頃に起きた。

「ひるむな！　おい、応援はまだか！」

「か、囲まれていて、気付かれるまでまだかかるかと……！」

「応援呼べません！　信号魔法を放てばそこをやられます！」

あと二日程北側の魔獣を減らしたら帰る予定だった。大討伐戦の部隊は順調に進んでいた。

毎回戦闘員が二百名からなる大討伐戦は、非戦闘員を含めると二百七十名からなる大所帯だ。

それらが一斉に野営をすると、人の気配に却って魔獣が寄ってくる。移動もだ。なので、通常五部隊に分けて進む。

魔獣が発生しやすい場所の手前で集合し一緒に戦い、その後ばらけて休み、ばらけたまま行進するというやり方だ。

第一部隊と第二部隊が通りすぎ、第三部隊がその場所に踏み込んだ時に、急に隊列の横から魔獣に襲われた。

集団だった。オークの群れで、オークジェネラルやオークメイジも混ざっている。何より、オークは数を増やしやすい。

あっという間に囲まれ、それぞれ応戦を始め、分隊についていたサポーターも仕事をしているが、苦しい状況である。

「くそっ、くそっ！　魔獣ごときに諮《はか》られた！」

「豚野郎ども！　くそぉ、死にたくねぇ！」

そう叫んでいるのは『チェインファング』のメンバーだった。サポーターと分断され、オークの群れの中で孤立してしまっている。第三部隊に配属されたのは集合場所への到着順だったのでたまたまだったのに、なんでこんな目にと思いながら武器を奮った。

敵は繁殖力が強く、力が強く、愚鈍で防御力も低い豚の頭を持つ魔獣。ジェネラルだとか、メイジだとか、ナイトだとかの上位種でなければ囲まれてもまだ耐えられる。

だが、もうスキルや魔法を放つための魔力が枯渇しそうだった。身体強化も難しければ、回復魔法も難しい。アイテムはサポーター任せで、手持ちの少しあった回復薬は既に空。

『チェインファング』は終わったと思ったらしい。オークのひび割れた、それでも重たそうな戦斧《せんぷ》に叩《たた》き潰されるだろうと。

「加勢します。応援が来るまで耐えてください」

戦斧の後ろに急に人が飛んできたように見えた。しかも、その人が加勢とか、応援とか言っている。

戦斧を前に絶望していたのは、ガイウスが可愛がられていると文句を言っていた冒険者だった。

そして、戦斧の後ろに現れたその人は、的確にオークの腕に解体用ナイフを突き刺し横に引いた。腱《けん》を斬ったようだった。戦斧を取り落とし、腕をだらりとさげて痛みに喚《わめ》くオークの顔面を蹴って跳び、『チェインファング』が背を預け合って円形に取っていた陣の真ん中に細い体で着地すると同時、インベントリから出した適切な回復薬を浴びせて全員を戦える状態まで回復させる。

「あと二分で応援が来ます。頑張りましょう」

ガイウスは回復を済ませると、身を低くして先程オークが取り落とした戦斧を拾った。

力なんてなさそうなのに、軽々と戦斧を握って的確にオークの膝の皿をたたき割り、脚を潰していく。

魔獣の持つ戦斧に切れ味を期待せず、その重量で機動力を削ぐ動きだ。

あっけにとられて立ち尽くす『チェインファング』に静かな目を向けたガイウスは「応援が来るまでは戦った方がいいですよ、死にますから」と何の感情もない声で言った。

その不気味さに息を吹き返した彼らはなんとかオークに立ち向かい、ガイウスの言った通り、すぐに応援が駆けつけてオークの集団は全滅させられた。

ガイウスにお礼を言っていなかった『チェインファング』が姿を探しても、もうその場をガイウスは離れていた。

◇◇◇

「何しとんじゃ、お主」

「応援です。応援はまだか、と聞こえたので」

「ばっかもん！」

バリアンは雷と一緒に、ガイウスの頭に思い切りげんこつを落とした。

第五部隊でバリアンと共に行軍していたガイウスは、行程の終盤に、突然前に向かって走りだした。足に身体強化もかけていたのだろうが、バリアンはその唐突さにガイウスを止めきれなかった。追いかけることができなかったのは、ガイウスが第五部隊を抜け出た瞬間に、第四部隊のもっと先で木々が倒れ、魔獣の雄たけびがあがったせいだ。

奇襲を受けた。そのうえ、どうも数が多い。遠目からでもバリアンはそれだけは理解し、まずは第五部隊に指示を出して一分隊だけ連れて駆けだした。指揮系統の混乱を防ぐために、第四部隊を通り過ぎる際にその場で待機するように命令も下した。

部隊と部隊の間は一キロ離れている。魔獣との戦闘の際には邪魔にならず、魔獣に一つの塊だとも思われず、何かあれば駆け付けられる距離。

魔獣の数が多いだけあって、土地の魔力が多く植物も豊かに育っていた。視界が悪かったが、それでもまだ、辛うじて眼前に小さく前部隊の背中が見えていたのだ。

とはいえ、二部隊も離れているとそうもいかない。第四部隊が様子を窺《うかが》えたくらいで、第一部隊も第二部隊も無事に通過したようだったので、多少の油断もあった。森の中まではそこまで警戒していなかった。

そして、奇襲。第三部隊を物量で潰されるところだった。少なくとも混乱は起こった。前にも後ろにもだ。

その混乱よりも早くガイウスは駆け出した。まずはオークとの戦闘を避け、『即時判断』で踏み台にしてもよさそうなオークの頭を踏みつけるようにして移動、一番近くで戦闘になっている分隊をサポートした。

行動を阻害するタイプのアイテム……臭い粉を詰めた袋や、刺激の強い植物を粉にして詰めた袋を投げつけて目や鼻を潰し、オークの行動を阻害する。

その分隊が一瞬の戸惑いを覚えている間に、すぐに応援が来ます、という言葉を告げながらの回復薬の投擲《とうてき》。蓋が外してあり、体にかけられたが問題なく回復できた。

それをくり返し、第三部隊で最後に囲まれていた『チェインファング』の元まで駆け付けて、先の通りに救った。

ガイウスは、大討伐戦の目的が『魔獣を減らす』ことだと理解していた。そして、自分は【アイテム師】というサポート、後方支援に向いたジョブだったので、後方支援部隊に志願した。

なので、今回は『奇襲された味方の応援という求めにサポートとして応じた』のだから、褒められると思ったのだ。だから飛び出した。

ガイウスが得た情報、考える材料にしたものだけを並べるとまっすぐな筋道が立っている。だが、そこに当然あるべき、自分の生命への葛藤や躊躇いが無かった。

自分が死ぬかもしれない、という事は考えなかった。死んだらそれはそれで、飢えて死ぬとか理不尽に死ぬとかではなく、自分で選び、行動した結果死ぬのだとそう思ったから。

だから、これまで優しかったバリアンが怒り、怒鳴り、頭を思い切り殴られて、泣きたくなった。実際に涙が出た。怖かった。

自ら動けなければ食事にありつけなかった孤児院での最も重い罪が、勝手なことをして何もしないより悪い状況を作ること、だったから。

そういう子供は、次の日にはもう見なくなった。

「ご、ごめんなさい、ごめんなさい、すみませんでした……許してください……」

恐怖に見開かれた目から涙を零《こぼ》し、俯《うつむ》き、痛む頭を両手で押さえて震えるガイウスに、バリアンは聞こえるように大きく息を吐いた。ガイウスの肩がびくっと揺れる。

「ガイウス、顔を上げぃ」

「はい……」

恐怖に支配されているだろうに、命令されるとすぐに顔を上げた。バリアンは、ガイウスと過ごすようになって初めて彼の感情を見た。恐怖だ。

「お主がやったのは隊の指揮を乱す単独行動。その上、自分という生命を危機に晒《さら》すという愚行じゃ。確かに第三部隊は助かり、お主のサポートは見事としか言えん。そのほっそい体で恐るべき戦闘力じゃ。感心した」

「……」

誉め言葉に聞こえるが、叱られているのは分かる。ガイウスはいよいよ混乱して、じっとバリアンの目を見つめた。

「ええか、後でちゃんと、全部説明するから、今はこれだけ覚えておけ。命を粗末にしちゃあいかん。そして、周囲と言葉でコミュニケーションをしろ。自分が命を投げ出してまで動く場面なのかどうか、そこを見極めろ」

命を懸けるな、とは言われなかった。粗末にするな、周りに人がいるのならば意思疎通をして、周囲と連携して事に当たる。

もし自分が命を懸けるべきだと思ったら、懸けてもいいらしいが、この場合は間違いだったようだ。

「わかったか？」

「はい……！」

バリアンの声の重さは、ウォーレンの声とは違った重さがあった。

孤児院で聞いたウォーレンの声は圧であり、こちらには価値の証明が求められるような声。

バリアンの声は、存在として認めたうえで、言葉によって約束させる、そういう重みがある。

ガイウスはほんの少し目に光を灯して頷いた。

「ん、よろしい！　よくやったなガイウス、お主の能力はすごい！　さ、となれば遠征が終わったら、もっと使えるように鍛えてやるからな！」

にっかと笑ったバリアンは大きな手でガイウスのぼさぼさの頭を撫でた。

痛いし、乱暴でもあったが、優しく温かい掌だ。

孤児院に入る前、父親がそうしてくれたような気がする。そういう掌だった。

「う、ぅう……うぁあ……ああ――……」

「なんじゃなんじゃ、何がそんなに悲しいんじゃ、ほれ泣くでない！」

第三部隊が襲撃された場所の処理が済んだという連絡がきても、ガイウスは焦るバリアンに宥《なだ》められながら、小さな子供のように泣きじゃくっていた。

◇◇◇

大討伐戦は、その後オークの集落を見つけて潰し、斥候《せっこう》を増やして順調に魔獣を減らし、規定通りの日程で帰還した。

バリアンは王宮騎士団後方支援部隊総長ではあったが、個人としてガイウスを弟子と定め、傍に置いた。周囲の後方部隊の隊員たち……非常事態に動じず、強靫《きょうじん》な精神力を持っているサポーターたち……が顔を顰《しか》めるような訓練をさせられて、それでも目を輝かせてバリアンを慕うガイウスを見て、何らかの地位が脅かされるとか、取り立てられていると思ったり、そのポジションを代われ、と言う人間も出なくなった。

孤児院で徹底的に鍛えられた家事能力、身体を扱い『どんな主人の命令にも応えられる』ように訓練された純粋な戦闘力と応用力。そこに無類のサポート能力と、何よりも人の心の機微や他人との過ごし方、考え方を鍛えられた、初級職【アイテム師】の青年が出来上がるのは、そこから三年後のことだった。

あとがき

この度は『追放された初級職【アイテム師】が自分の居場所を見つけるまで』を手に取って下さりありがとうございます。バトル！　ダンジョン！　といった冒険を描くの、本当に楽しかったです。手に取ってくださった方にも楽しんでいただけていたら本当に嬉しく思います。

書籍化にあたってウォーレンという強敵や精霊の要素を盛り込みまして、内容そのものも大幅に加筆修正しております。序盤の『三日月の爪』としてガイウス込みで戦うシーンはお気に入りです。ウォーレンもすごく好きなタイプのキャラになりました。計算高くて能力も高くて傲慢で余裕のあるキャラが、執着を見せる瞬間、というのが本当に好きです。執着の対象にはあらゆる手間を惜しまないところとか。恋愛ものじゃなくハイファンタジーで出てくると変態みがより感じられる気がしています。ウォーレンはもっと（変態仕草が）できる子なので、今後もっと自分の心を解放していってほしいですね。

それに【死霊術師】というジョブがRPGでも大好きで、こういった冒険ものに出したいという欲求があり、別のハイファンタジー作品でも敵として登場させていました。ネクロマンサー、かっこいいです。

死体や死霊を操るというの、想像しただけでも頭が良くないと無理では……と思うので、私は全く向かないんですが、頭のいいキャラにやらせる、という手段が取れるので小説書いてて良かったなと思います。

ウォーレンの場合は心理的に縛るとか、魂を縛るとか、そういう死霊術なので、そもそもジョブの能力値が高いんだろうと想像していますが、高い能力を持っているだけでなくそれを扱えるというのが大事な事だと思っています。

そこは本編で『三日月の爪』の皆が直面する問題でもあるので、能力の活かし方は色々あるはず、というのをこれからも考えながら書いていきたいですね。

そして、【アイテム師】というジョブも大好きです。

元々はRPGの某有名シリーズタイトルで知ったジョブでした。自分の位置から遠くに正確にアイテムを投げるとか、初期パラメーターが丈夫さ振りだったり（ここは少し曖昧ですが）とか。

小さい頃は単純にキャラをどう運用するかで捉えていましたが、今思うとパラメーターや能力に色々設定があったんじゃないかと思えて、また違った楽しみ方ができています。

ゲーム後半ではほとんど使う事がなかったものの（私は脳筋プレイ大好きなので）、この能力を尖らせる事ができればな〜、という着想で主人公のガイウスができました。おかげでものすごい器用貧乏な子になりましたね……。

お助けキャラの位置においちゃんがいるとものすごく安心するので、ガイウスの師匠には大いに出張っていただきました。人生経験と実力のあるおじいちゃん大好きです。同じ属性のおばあちゃんも大好きですね。強《した》かなご老人は推せます。

魔法弓という武器も好きで、主人公が魔法弓で活躍してくれたの、本当に嬉しいなと思います。

別に武器適性があるジョブとかではないんですが、ガイウスに持たせたらアイテムとして活用してくれるだろう、という気持ちで書きました。こちらも別のＲＰＧで出会った武器なのですが、メインウェポンとしてずっと愛用しているくらい好きです。

脳筋プレイは大好きなのですが、まず当たらないと意味が無い派で、定点から延々とちくちく狙いを定めて攻撃し続け削りきる、みたいなのが理想なので、ずぼらプレイと言った方がいいのかもしれません。ガイウスはいっぱい動きますが。頑張れ。

モンスターをハントするゲームでも、ハンマーでチャージしながら近づいて振りぬき叩《たた》きつけた瞬間、狙いをからぶった時のがっかり感が忘れられません。クールタイムによく吹き飛ばされています。

おかげでメインウェポンは虫を操るこん棒か片手剣です。状態異常に陥らせる肉とか玉とかも大活用していました。ＲＰＧよりアイテムの運用を考えたのはモンスターをハントするこのゲームだったかもしれません。準備が大事だったので。

私のＰＳがそんなに高くないので、作中人物のＰＳは高くあって欲しいというのもまた詰め込んだ要素です。もう理想をいっぱい詰め込んでいます。おかげでどこか別の所が大変なポンコツ具合になるのですが、ガイウスは器用なのできっと大丈夫でしょう。

物語を書いている上で、いつも価値観や環境に腐心します。

今回のお話も、主人公だけでなく、なぜ『三日月の爪』はそうなったのか、とか、それが主人公を失ってどうなったのか、とか。人間関係で曖昧ですっきりしない事が結構あるものだよな、と思っているので、そこにどう折り合いをつけていくのか、それが周囲にどう影響を及ぼすのかとか、そういう事を考えていました。

なぁなぁな感じで、自分の所属から追放される、って私だったら一番イヤだな……という気持ちもあります。明確じゃない悪意や敵意、小狡《こずる》さではめられる感覚。物語としてはコントラストが足りないかもしれませんが、あの嫌〜な空気から自由になって自分を取り戻す、というのも、また書いていて楽しい要素でした。

私の「好き！」をいっぱいに詰めたこの作品が書籍になって、本当に嬉しいです。

ご尽力くださいました担当編集さん、イラストレーターのひづきみや先生、ありがとうございます。他にも、書籍化にあたり関わってくださった皆様に、心より御礼申し上げます。

そして、この物語を手に取ってくださった読者の皆様に感謝を。こうして書籍になったのも、小説家になろう様で楽しんでいただいたおかげです。

また二巻でお会いできるのを楽しみにしています！

Kラノベブックス

追放《ついほう》された初級職《しょきゅうしょく》【アイテム師《し》】が自分《じぶん》の居場所《いばしょ》を見《み》つけるまで

真波《まなみ》 潜《もぐら》

2023年6月28日第1刷発行

発行者	森田浩章
発行所	株式会社 講談社 〒112-8001　東京都文京区音羽2-12-21
電　話	出版　(03)5395-3715 販売　(03)5395-3608 業務　(03)5395-3603
デザイン	寺田鷹樹（GROFAL）
本文データ制作	講談社デジタル製作
印刷所	株式会社ＫＰＳプロダクツ
製本所	株式会社フォーネット社

KODANSHA

ISBN978-4-06-532733-3　N.D.C.913　269p　19cm
定価はカバーに表示してあります

ファンレター、作品のご感想をお待ちしています。

あて先
〒112-8001　東京都文京区音羽2-12-21
(株) 講談社　ラノベ文庫編集部 気付
「真波潜先生」係
「ひづきみや先生」係

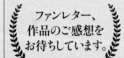